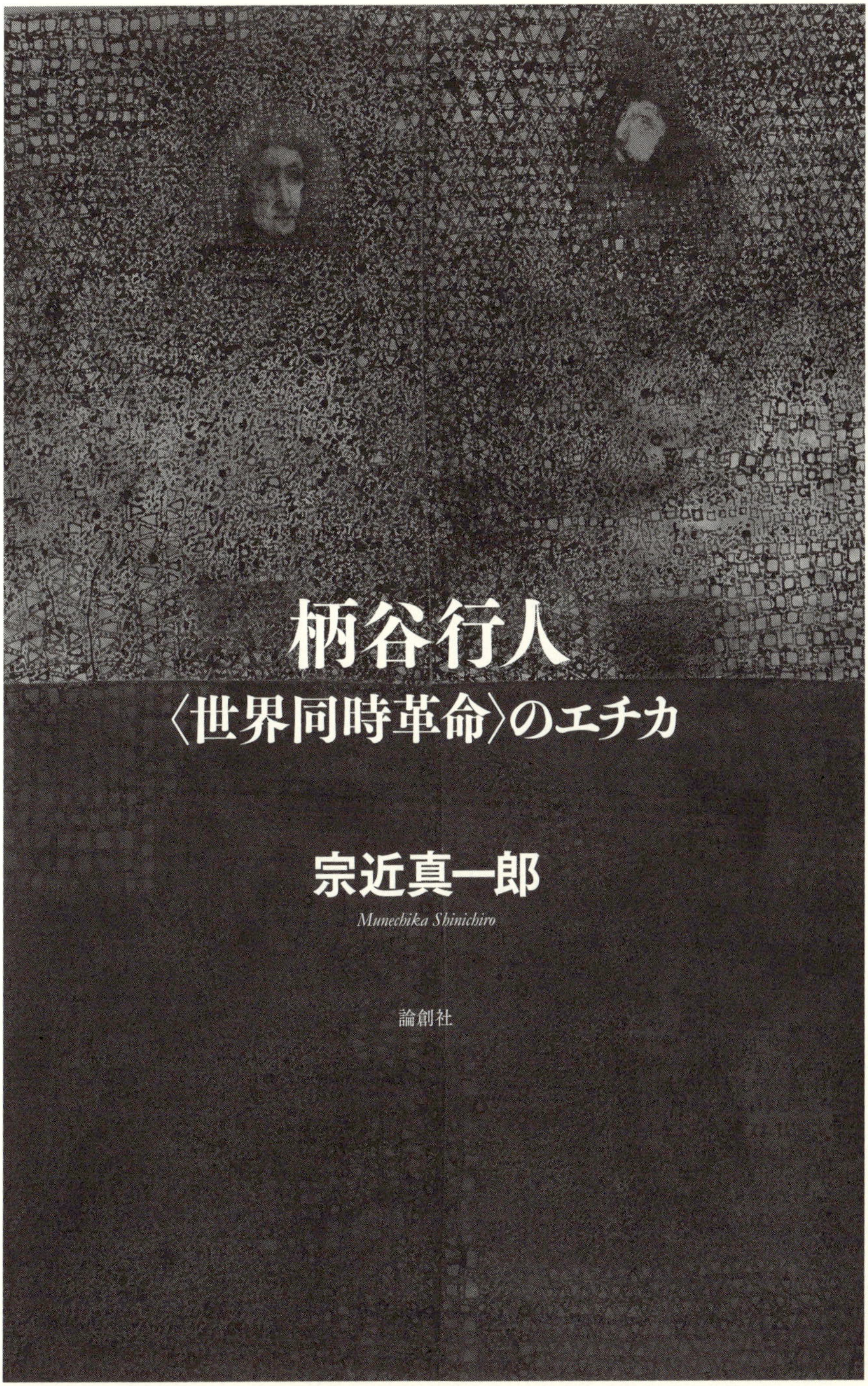

柄谷行人

〈世界同時革命〉のエチカ

宗近真一郎

Munechika Shinichiro

論創社

◎装画：矢野静明
カバー・扉 「詩人とレンブラント（4-1）」(2010年)
第５章・付論扉 「放蕩息子の帰還（レンブラント）」(2000年)

まえがき

柄谷行人は、現在進行形で思想活動のダイナミズムのなかにあり、そのあくなき「思考実験」の動線《ストリーム》も文脈《コンテクスト》も視差《パララックス》もアクチュアルに流動している。したがって、思想内容や言説を、始まりからあるいは終わりから画定するという誤謬はむろん回避されるべきだが、思想のアセットの堆積と構造がどこから来てどこに向かうのかについて憶想を施し、それらを内在的な未来へと送り込むという試行の隘路は開かれていよう。いわゆる戦後思想における疎外論の系譜は、欲望論にシフトしながら、資本＝ネーション＝国家のボロメオの輪に回収され、状況＝ディストピアへの抵抗性が半減している。そんななか、世界統覚の「転倒」を全現実の偶有性、自己言及性へと接続するゲーデル的なポエジー、実践理性のパルチザンを可能的に賦活するエチカの形式＝無‐根拠性に柄谷行人の思想行動を布置してみたい。幸いなことに「柄谷行人論」のロールモデルが狭い視界にはほとんど現われていない薄闇に乗じて、この小さな論考では、可誤性をむき出しにして、柄谷本人が気色ばむような独我的思考がつらぬかれたはずである。

押さえたポイントは四つある。ひとつは、文学（文芸批評）からの離脱をめぐる去就。最初の二章、および第8章でその辺りについて述べたが、「小説」の「終り」の到来と「近代」性の臨界との関係という課題は単純ではなく、柄谷じしん、最近、文学への回帰を示唆している。ふたつには、「形式化」の輻輳的な持続である。『内省と遡行』から『探究』ⅠとⅡに亘る形式論理の追求は、文学からの離脱だけではなく、歴史を「構造」=「形式」=無-根拠において考えるフレームとシンクロナイズしており、柄谷思想の中枢をなすものと考えられる。本論においても「形式化」は、理解の厳密性を欠きつつも、大半の章でリファーされるが、特に第6章、7章と8章で掘り下げを試みる。

三つめは、柳田国男の導入である。柄谷は一九七四年、『マルクスその可能性の中心』と『柳田国男論』を同時並行的に書き、その四〇年後の『遊動論』以降、柳田の「実験」に自己同一化するかのように「その可能性の中心」が照射されている。これについては、第3章、4章、および終章で言及される。最後に、「交換様式論」の行方である。ざくっと言えば、柄谷行人は、一九九八年の「探究Ⅲ」の連載、New Associationist Movementの活動、二〇〇〇年の『原理』刊行以降、二〇〇六年の『世界共和国へ』、二〇一〇年の『世界史の構造』を経て、『遊動論』、二〇一九年の『世界史の実験』に到るまで、ずっと「交換様式論」を思想行動の軸に据えている。「交換様式論」の展開は、後期フロイトの「反復強迫」を繰り込み、現在、交換様式D（様式Aの高次元の回復）をめぐり、柳田国男のいう「山人」の実在性をベースにして「原遊動性」の概念生成が図られつつある。「反復強迫」についてては、第6章でフロイトの著作を参照して検討する。

なお、柄谷行人は季刊誌『ａｔプラス』（太田出版）の二三号（二〇一五年二月）から二八号（二〇一六年五月）に亘り「Ｄの研究」を六回連載し、中断したかたちになっている。本論との関連では、「交換様式論」に関し、まず、交換様式Ａ（互酬交換）とＤでともに抑圧されていた「原遊動性」が回帰すること、次に、後期フロイトの「反復強迫」に関し、Ａでは「トーテムとタブー」における現実には起こらなかったが機制として実在し反復される「原父殺し」が氏族社会の「掟」となって国家の出現を阻止し、Ａの〝高次元〟の回復（徹底的な否定）であるＤでは「モーセと一神教」で殺されたモーセの「砂漠へ帰れ」という教えが「原遊動性」＝普遍宗教として回帰すると説明される。また、「神」のかわりに「自然」を主体として語ったカントの「自然の狡知」の由来が明快に描かれる。「社会主義の科学」もカバーする大きな構想で「交換様式論」を拡張・深化しようとする「Ｄの研究」を、本論の連載が終わってから精読したが、くわしい参照は見送り、今後の展開も含めて統握し、稿を改めることにしたい。

　柄谷行人論九章のうち、Interlude（間奏曲）とした第5章では、ひととき、本論の動線《ストリーム》から離れる。ウルリッヒ・ベックのリスク論をめぐり、「リスク」がシニフィアンとなるコンテクストについて、三月十一日の出来事と吉本隆明のいう「自然史的な過程」、経済が思想のベンチマーキングになるという罠をピンポイントに経由し、エチカと行動をめぐる情勢批判を試みる。また、第7章では、アメリカにおけるトランプ現象、ヨーロッパのブレクジットの混乱への概観を枕にして、先ごろ惜しくも訃報が伝えられた加藤典洋と柄谷との一九八五年公表の対論から憲法九条をめぐる二人の対照的なアプローチを描き、加藤は「提案」し、柄谷は「発見」するというふうに括ってみた。付論“Status Quo”「「事後性」の絶滅は求償されるだろうか」は、ヨーロッパ普遍主義の限界を押さえながら、ＩＳ－「イスラム国」の実態を素描し、「テロとの戦争」を領導するヘゲモニー国家と「反知性主義」の共犯関係を見据えつつ、スラヴォイ・ジジェクのいうグローバリズムが生み出す「キューポラ」の逆説から抵抗のアポリアを確認する。

　ところで、よく知られているように、柄谷行人は、文芸批評家としての初期に吉本隆明に親近し、八〇年代後半以降、離反した。だが、柄谷と吉本とは、親近性はゼロ、批評の方法や心情において交差することはないが、思想的な通底の強度は、柄谷は吉本の分身であるといいたいくらいに高いとぼくは捉えている。どういうことか。大まかなところを言えば、まず、「国家」揚棄への原理的なスタンス、護憲姿勢（戦争のモトをとった―吉本、国際社会に向けられた「贈与」―柄谷）、そして、「交換」認識（「交換」には霊《フェティッシュ》が宿る―柄谷、存在交換と倫理―吉本）、および、両者における「実験」（精神分析学と民俗学、キリスト教をめぐるシークェンスの導入）などがあげられる。資本主義に関しては、吉本は「一億総中流化」にひととき無血革命の成就を錯視したが、柄谷は日本のグローバリゼーションをいっかんして批判している。その背後に、高度成長から原発事故に亘り「自然史的な過程」に身を挺したヘーゲリアン吉本とカント的な「超越論的主体」として署名する柄谷とのコントラストが際立つと言わねばならない。翻って、後期フロイトの「反復強迫」から吉本隆明は「原生的疎外」を概念措定し、柄谷行人は「原遊動性」＝交換様式Ｄに資本制の乗り超えを委ねようとする。

この柄谷論の記述に体系性はない。先に述べた主なポイントが、総論と各論のツリーを整序的に織り成すということはなく、叙述は、それらのポイントをめぐり、堆積的、周回的、反復的に混線しながら章を重ねたはずである。冒頭に述べたような、柄谷行人そのものがムーヴィング・ターゲットであるからというのは弁解で、こういう書き方でしか、「柄谷行人」という思想アセットのカバレッジをキープし、キャリーする途がなかったのである。また、参照、引用されたのは、一般的な流通経路で入手可能な柄谷行人の著作、文書と所要の付随的な文献に限られている。ロールモデルについて触れたように、そう多くはない既往の柄谷行人論には凡そ目を通したはずだが、本論への影響や反映はないと考える。その意味で、本論は、柄谷行人についての概説書でも入門書でも、ましてや評伝でもなく、繰り返すが、柄谷行人をめぐる独我的思考による足りていない interim report である。逆の言い方をすると、柄谷行人とともに状況＝ディストピア（再ファシズム、分断、歴史修正主義）の無－根拠性のなかに踏み出そうとする無手勝な試みである。

付論を含む本書所収の論考は、ぼくがメガメーカーの Post Merger Integration（PMI、企業買収後の被買収企業の統合作業）に携わってパリに滞在していた二〇一三年後半から書きはじめられた。別のＰＭＩの案件でドイツのシュツットガルト近郊、バイエルン州のコーブルクに転じ、その後、二〇一五年九月に帰国して、京都を経て東京に帰りつき、終章の草稿は二〇一九年四月に書かれた。つまり、本稿は、六年くらいの間に、ヨーロッパから列島孤へ転々と動きながら断続的に書き継がれた。第7章と8章の間に一年以上のインターバルがあり、その間に付論を手掛けた。このように、ぼくのプロフェッショナル・キャリアは、アカデミズムや言論プロパーとはほど遠い、グローバル資本主義の「工作者」＝アクティヴィスト（瀬尾育生さんによる称名）であり、サルトルのようにいえば「汚れた手」を振りかざし市場経済を徘徊して来た訳である。その意味、ぼくの属性は、「資本制貨幣経済の廃棄」を志向する柄谷行人の「敵」であるという他はない。だが、柄谷が『原理』で〈資本主義への対抗は、ロマン主義的なノスタルジーとは無縁であって、資本主義によって生じた世界的な交通のなかでしかありえない〉と記した「交通」の再‐脱領土化において「転倒」される友敵の臨界に、本論のエクリに負荷された瑕疵から「うたの訣れ」の始源＝超越論的な文学《うた》の「外部」への逃走線が裂開されるのだと思いたい。

Last but not least、柄谷行人論の執筆にぼくを駆り立ててくれたのは、三十年以上に亘り個人編集の思想誌「飢餓陣営」を手掛ける盟友・佐藤幹夫さんであり、本論九章のうち、第1章、第3章、第5章、第6章、第8章、および付論について連載のかたちで同誌に初出させていただいた。抜群のオルガナイザーである佐藤さんにぼくはモーティベートされ、柄谷行人について考えるという態勢へと自然体で誘導された。第2章、第7章について福田昌治さん編集による大阪経済法科大学アジア太平洋研究センターの年報、第4章は高橋秀明さん、日下部正哉さん、故築山登美夫さんの「LEIDEN――雷電」にそれぞれ掲載していただいた。終章は、野村喜和夫さん、吉田文憲さんの主催する「詩と哲学のあいだ」研究会での報告のためのスクリプトとして書かれ、服部崇さんらの「パリ短歌2019」に掲載していただいた。みなさんとのシンクロニシティがなければ、本書が日の目を見なかったことは論を俟たない。紙媒体によるパブリシティが悪戦を極めるなか、本書は論創社社主・森下紀夫さんのリスクテイキングな果断によって世に送り出される。入稿から納品までのタイトなタイムラインは担当の松永裕衣子さんに手堅くマネージしていただいた。装幀は奥定泰之さんにお願いし、装画は畏友・矢野静明さんの作品を掲出させていただいた。みなさんに謝意とご挨拶を申し上げたい。

　これまで、同時性や状況性だけを口実にしたエクリをコレクト・クリティークの体裁で何冊かまとめてきたが、本書は、はじめて、ひとつの固有名をめぐって相応の時空の滞留を踏み堪えて臨んだプロジェクトである。しかし、依然としてそれは未了、あるいは何かへの端緒以外ではなく、来るべきテクストは、署名なきままに自己‐触発され、薄明の水域に残響している。

二〇一九年八月二日

宗近真一郎

目次

凡例

一、本書は、すべて、既出論考で成り立っている。初出掲載誌については「まえがき」の末尾に近い節で明示した。

一、引用は、基本、〈 〉内に表記。引用、参照テキストは、極力、各論考の後、＊に続けて、引用の順番に1、2、3のかたちで、著者、書名、翻訳の場合、訳者名、出版社、刊行年月を明示するかたちに統一した。各引用末尾には、テキストの該当頁を示した。例えば、1のテキストの六四頁からの引用である場合、(＊1: 64)と記される。

一、また、とくに注記しないかぎり、引用はエピグラフを含めてすべて、傍点、ルビ、書体を含めて、該当テキスト記載の状態で行った。

一、各論考には、初出の記述内容に対して、可読性、論旨の明確化、アップデートなどを考慮して、所要の加筆、修正を行った。

柄谷行人　〈世界同時革命〉のエチカ

一つの地球があって、そこでは一人の人間が、他の地球で他のそっくり人間によって見捨てられた道を歩いている。彼の人生は天体ごとに二分される。そして、二度目、三度目の分岐を行ない、何千回も分岐する。彼はそのようにして、完全に瓜二つの自分と無数の瓜二つの変種《ヴァリアント》を手に入れる。この変種《ヴァリアント》の方は、彼の人格を絶えず増殖させ、再現するけれども、彼の運命の切れっ端しか獲得できない。この地上で我々がなりえたであろうすべてのことは、どこか他の場所で我々がそうなっていることである。無数の地球上に存在する、誕生から死までの我々の一生のほかにも、他の何万という異なる版の我々の一生があるのである。

オーギュスト・ブランキ「宇宙の分析と総合」（浜本正文訳、雁思社『天体による永遠』所収）より

〈存在〉は有限性の地平であり、それによって、われわれは、もろもろの存在者を〈全体〉においてとらえることができない。〈存在〉は、存在者の内部から切り離される。つまり、存在論的差異は、存在者の〈すべて〉と、より基本的なもののあいだの「大きな—差異」ではない。それはまた、つねに、存在者の領域それ自体を「すべて—ではない」とするものである。「すべての真理を語る」ことにかんして、われわれは、再度、〈すべて—ではない〉というラカン的パラドクスを適用すべきである。すなわち、われわれは、二つの場合を厳格に対置すべきである。真理は、それ自体、すべて—ではなく、矛盾していて、「敵対関係にある」のだから、「すべての〈真理〉」について語ることは、すべからく例外に、つまり隠された秘密に依存せざるをえない。これと対立するケース、すべて—ではない真理について語ることは、真理のある部分を秘密にしておくということを意味してはいない——すべて—ではない真理を語る、の換質命題は、われわれが語らなかったことは何もない、である。

スラヴォイ・ジジェク「主体、この「内面に割礼をうけたユダヤ人」」（山本耕一訳、作品社『パララックス・ヴュー』所収）より

第1章　あるいは、「超越論的主体」のポエジー

文学からの離脱

柄谷行人は一九八五年初から連載を開始した『探究』を公刊したときの「あとがき」で、連載が長引くことがはっきりしており、終わりから構成される体系的なものを離れ、書きながら多重的に形成されるテクストに関与して、書くことが生きることであるということをはじめて実感している、と記した。ひととき《他者》と《外部》をめぐる思考の緊張を解いたかのように、柄谷は、この仕事を無期限に続けるだろうという予感、根本的な「態度の変更」が「他者」と「外部」についての永続的な「探究」と不可分であると明示している。つまり、終わり（弁証法的な絶対知）によって世界を終わりに収束する構成的な体系として描くのではなく、生きることの可塑性をエクリチュールに同致させることによって、〈ヘーゲルにとって、「本質は結果においてあらわれる」。つまり、彼がつかむのは、盲目的な跳躍としての「行為の仕方」から事後的に見出される規則である。実際には、一つ一つの跳躍は盲目的で多方向的であるのに、ヘーゲルはそれらをすべて結果において透過《とうか》するような「全知の神」＝「精神」を想定する〉（*1：64）という布置を転倒するということである。

その転倒によってしか「生きること」に呼応しえないというモチーフは、『探究』の前著である『内省と遡行』（「言語・数・貨幣」を含む）における論理の厳密性が倫理の実践であるという「内省的態度」から先鋭的に継続された。この著作は、柄谷がソシュール、フッサール、ハイデッガー、デリダに挑戦するというシークェンスを描き、浅田彰の文庫解説の冒頭には〈驚くべき敗北の記録〉とある。形式の極致への終わりなき遡行と詩的なもの（メタファ）からの限りない疎隔の実践において、柄谷は〈われわれは、ニーチェのように非凡に語ることができないがゆえに、積極的に凡庸さを選ぶ。いいかえれば、ニーチェを模倣して結局プロヴィンシャルな言葉遊びに堕していったハイデッガーやデリダのかわりに、「厳密な学」をめざしたフッサールやフレーゲの道を選ぶ〉（*2: 190）と述べ、「自己差異的な差異の自己展開」を自らに課して、ロマン性や官能性とは対極的な書記は、感性のふくらみを拒むかたちでやせ細ったといいうる。過去十年間、彼がめざしてきたのは《外部》であるが、事実性あるいは不在としての《外部》に出るには〈内部すなわち形式体系をより徹底化することで自壊させるということによってしかありえない〉と考えた柄谷は、〈外部をなにかポジティヴに実体的に在るものとして前提してしまうこと〉、および〈いわばそれを詩的に語ること〉を自らに禁じた。とくに後者は「終局」を演じる〈ありふれた安直な手段〉であり、それに対して、柄谷は〈可能な限り厳密に語ろうとした〉（*2: 315）のである。その選択が〈不自由で貧しい〉ことを自覚していたが、《外部》に出るために、あらゆる《内部》を自壊させる方法はそれ以外になかった。

つまり、すでに、文学が放棄されたのである。文学は外部を内部に繰り込む運動性の表象であり、独我論を語る主体を執拗に復権させる。主体は予め可能的に復権されているので、文学的内省では本来的な内省が遺棄されている。ニーチェにフッサールを対置した柄谷は、意識体験を括弧で括る「態度変更」（エポケーのひとつの形態）（*3）について〈それは内省の徹底化として、内省そのものの反転

——すなわち遡行《リトロスペクション》をはらんでいる。彼のいう還元《かんげん》とは実は遡行《そこう》であり、遡行は還元としてのみ可能なのだ〉(*2:12)と述べている。そのように、『内省と遡行』から『探究』に亘り柄谷は還元的であることを選択した。だが、その還元の極限の位相において、詩的なものが回帰するのではないかと、と謎をかけてみたい。超越と厳密性が極限的に交差する場面で、言説の不徹底性や曖昧さが除去された純粋論理において、署名する主体の現存的なポエジーが絶対的な《外部》のように回帰することはないだろうか。あるいは、論理の究頂を強引に感情に翻訳するなら「外部に対する畏怖」(*4:47)にはならないだろうか。ニーチェの主著がそうであったように、当時の柄谷のエクリチュールには「自己差異的な差異の自己展開」がマラルメの骰子一擲のような偶有的な詩語の断片のように継起されることがあった。思考のダイナミクスが体系化を拒み、断片性へ追い込み、加速する思考は、例えば、〈出来事とは、実体的に在るのではなく、差異として在る。というより、それは無い。なぜなら、知覚され意味づけられるような差異は、すでに同一性によって、あるいはシステム(構造)のなかにおかれているからだ〉(*2:249)とマルクスの認識を抽象して見せ、「物自体」の無意味(還元的認識)において「諸関係の総体」を挑発的に非中心化した。

　柄谷行人は「意識と自然」と題された漱石論が文芸誌の評論部門の新人賞をとることでデビューした。その後、『畏怖する人間』から『意味という病』を経て『マルクスその可能性の中心』までは批評対象がマルクスであろうがシェークスピアであろうが、文学批評という言説の枠組みを維持していた。そのフレームにおいて、柄谷の批評は、形式性と物語性を融合しつつ批評としての「内部」にフォーカスした。その意味で、自覚的にディアレクティックであり、ときに実存主義的であり、批評性は「全知の神」に身を挺す可能性のもとに在った。ところが、あるとき、柄谷は非線形的に〈ありふれた安直な手段〉を放棄し内部性を放棄して、「形式化」の無‐根拠性をめぐって、デリダやハイデッガーを追走し、彼らを追い越すほどの外部化の徹底性に自らを追い込んだ。その契機を、八〇年代初のアメリカ滞在におけるデリダとの出会いに求める向きがあるが、柄谷の「態度変更」の契機をめぐって、この小さな論考は繰り返しぎこちなく旋回し、「発見」を追走するはずである。

内面や葛藤の独我的叙述を見限った分だけ、柄谷は還元性と厳密性を研ぎ澄ませたが、それらが高度化した局面では、『内省と遡行』のクライマックスのように、「作品」という順序構造の解体志向がくっきりと現われた。

〈ラングとパロールのいずれが先行するか、パロールとエクリチュールのいずれが先行するかという「問い」は、すでに「作品」というわなにとらわれている。大切なのは、このような「前と後」をもたらしてしまう「作品」を解体することだ〉(*2: 108)、〈マルクスのいうイデオロギーとは「作品」にほかならない。しかし、テクストをそれ自体としてとりだすことはできない。それはいつも「作品」あるいは「構造」をいったん受けいれながら、それを揺《ゆ》さぶるということでしかありえない。マルクスのヘーゲルに対する関係がそのようなものだったとすれば、ソシュールは、彼自身ラングの言語学を樹立しながらそれを解体するという二重の運動を行いつづけたのだ。彼はその沈黙において語っている〉(*2:110)。

ヘーゲル的な「歴史」に抗うためにマルクスは歴史を「作品」としてではなく「テクスト」として解読しようとした、と柄谷は言う。「作品」とは文学という圏域において内部化された言説であり、それに対して「テクスト」とは未決の共時的運動《構造》性である。だが、「テクスト」そのものは、「作品」への揺さぶり、あるいは、沈黙(テクストの不在)においてしか姿を見せない。柄谷は「詩的」なものの表象における決定的な曖昧性、例えば、「詩論」が擬似・論理を通そうとするときの「詩的」なものと論理=非詩的なものとの合間に派生する責任性の欠如を嫌悪したともいえるが、「テクスト」は中間的な存在として運動する非在の「作品」であり、署名されることを最終的には拒んでいる。「詩的に語ること」とは異なり、詩そのものは文学の位相における「作品」ではなく「テクスト」に近似的な偶有性を孕んでいる。柄谷は、詩論の厳密性/責任性の欠如にあからさまに幻滅してみせながら、一方では、限りなく「エクリチュールの王位」(非在としての「作品」)には魅せられていたのではないか。つまり、論理には還元できない全現実、詩という最後まで不定なエクリチュールにおける「物自体」、あるいは、現実の不定性が論理を超越して現われるシークェンスへの誘惑が隠されていたのではないか。

ともあれ、柄谷にとって文学という問題は自ら奪回するべきものにはならなかった。文学への関心は「自己差異的な差異の自己展開」を通じて解消され、書くことが生きることであるという『探究』のエクリチュールにおける痛痒感とオフセットされた。『探究』では、まず、他者論が「交換」のメタファとして描かれた。〈〃対話〃とは「命がけの飛躍」であり、「私と他者とのあいだに渡されたかけ橋」は、それを渡るというより飛びこえるほかないものだといわねばならない〉(*1:27) ゆえに主体も他者も〈コミュニケーション・交換におけるこの危うさを露出させるような他者でなければならない〉(*1:50)。つまり、「命がけの飛躍」の表象である「交換」(G－W－G') は、「恐慌(決済の時)の可能性」を伏在しながら、交換価値(貨幣)を蓄積するという危地を孕む。それは、《《他者》に向かいあうことの回避》(*1:144) としての「信用」という「幻想の体系」を派生する。かたや、文学は独我性をつらぬくことによって世界を内部化し外部を排除し、「交換」からやって来るダイナミクスから遠いものになる。「命がけの飛躍」(偶有性の実践) という劇から遠ざかることによって、文学は、本来その権能であったにちがいない〃対話〃(他者の発見) からも疎隔する。

「超越論的主体」とポエジー

『探究Ⅱ』でもエクリチュールの断片性が持続され、まず、固有名を掘り下げながら単独性(他なるものの根本性) と言語の「社会性」との相関が見出されようとした。さらに、デカルトとスピノザを交叉させるかたちで「普遍概念」の定立をめぐり、〈単独性としてのコギトなしに神＝普遍性という「観念」はありえないのである〉（*5：131）、すなわち、個―共同体という表象を定立する根拠は〈「観念」にしかない。それは普遍性としての神＝自然＝世界であるが、何度もいうように、それは単独性と対になっている。単独性においてのみ、普遍性がありうる〉（*5：169）と反芻される。つまり、単独性は〈たんに自己関係（自己言及）的であるのではなく、共同的なシステムに対して自己関係的である〉（*5：178）という局面において超越性（超越論的な自己）の契機となる。

　超越論的なものの系譜としてアリエスの言説に柳田国男が先立っているという柄谷は、〈彼（柳田――引用者）にとって、民俗学は、〝歴史性〟を見出すための方法なのだ。柳田が自分の民俗学を「内省の学問」だといいつづけたのは、過去の対象を知ること自体を目的とするのではなく、（中略）現在の自明性自体を《超越論的》に問いなおすことが課題だったからである〉（*5：190）と述べて、柳田的な〈超越論的主体は、世界を構成する主体＝主観ではなく、そのような世界の外部に立とうとする実践的な主体性においてしかないのである。超越論的であることは、主体的であることであり、その逆も然りである〉（*5：192）と、その主体のポジションを経験的（超越的）主体から区別して全面的にサポートした。

　ポイントは、「実践的な主体」においてのみ「超越論的な主体」が生成するということである。そこに、単独性から「倫理」が生成するダイナミクスが伏在する。「一般性―個別性」という思考の枠組みが超越論的に遡行され、「主体」が「他者」との非対称的な関係、〈他者の他者性が絶対的であること、けっして内面化しえず消去もしえないこと〉（*5：205）において見出され、「単独性―普遍性」という「倫理」の始源が見出されるのである。他者との「交通」は、商品交換における原初的な「命がけの飛躍」を保存しており、それは「倫理」の在り処、世界宗教の契機である。そのように、柄谷は、『探究Ⅱ』の第二部以降の課題に、その後三十年以上に亘り、『世界史の実験』にいたるまで取り組んでいるということができる。

とくに、世界宗教をめぐる後期フロイトの「抑圧されたものの回帰」、すなわち、抑圧された「原父」が一神教として回帰し、さらに「原父殺し」がモーセやイエス殺しとして賦活＝反復されると捉えるアプローチは、大著『世界史の構造』以降の「交換様式論」の原基を織りなす。〈世界宗教は、共同体宗教と別に突然奇跡的にあらわれたものではないし、たんに交通の拡大によってあらわれたものでもない。その強迫的な性格はどこからくるのか。フロイトは、世界宗教を「抑圧されたものの回帰」とみなす。私はそれに同意する。しかし、抑圧されたものは「原父」のようなものではなく、いわば「社会的なもの」である。（中略）「抑圧されたものの回帰」は、共同体にとっては、必ず「外部」から、且つ「外部」への強迫としてやってくる〉（*5：242〜243）。外部性の強迫として抑圧されたものが共同体に回帰する。それは、「倫理」と世界宗教へと両義的に分裂する。

このように、「抑圧されたものの回帰」と世界宗教、「現在の自明性」を超越論的に問いなおした柳田国男の民俗学から高群逸枝などへの重層的な論及も『探究Ⅱ』が書かれた時点から持続されているということが分かる。『内省と遡行』から『探究』にかけて、柄谷の（体系性に抵抗する）断片性、根底性、反復性のインスピレーションが集中的に現れた。柄谷は「具体的な現実の状況」に立ち向かうための「基礎的なもの」というふうに語ったが、柄谷における具体性、現実性は、「実践（理性）」すなわち「倫理」への接近に等しく、つまるところ、『探究』を書くこと、基礎に立ち戻り続けることが彼の「実践」すなわち「倫理」の場所を裂開したのである。

先に、柄谷は文学の独我性（共同的な感性）を見限ったがテクスト性を無限に確保する「言葉の王位」には魅せられていたのではないかと問いをかけたが、『探究Ⅱ』第三部の第五章「交通空間」が、〈モーゼがそこに向けて人々を脱出させ且つ留まるようにいった〝砂漠〟は、実際の砂漠のことではない。また、それが荒涼とした不毛の地であるか否かは問題ではない。〝砂漠〟とは、交通（コミュニケーション＝交換）の空間であり、あるいは交通の線図だけが浮き彫りにされるような空間である。それはすでに〝抽象的〟である。なぜなら、そこでは事物の形態の多様性ではなく、交通路のネットワーク、あるいはそれらの結合の性質と強度だけが問題だからである〉（*5：271）と書き起こされた逆説はそれじたいメタファを孕む。論理性にメタファが導入されたのではなく、論理の抽象の強度がポエジーを析出したと言うべきである。砂漠は海と類似的な無謬な自然であることにおいて商人（取引、交通）の場所である。取引は共同体の外の時空では「合意」なしには成立しない。同じように、〝砂漠〟から生まれた世界宗教は、共同体の外において「他者を愛する」（という究極の「合意」）を普遍化しようとするのである。一方、取引の場所である都市は、「交通空間」としての純度において海＝砂漠の「実践」空間に符合する。

ランボーが詩的行為を最終的に「実践」した砂漠と、デカルトがコギトを流動化するべく亡命した都市（アムステルダム）が「交通」性において交差するように、〈この世界には、それ以上の外部がない〉（*5：279）、その有限性において世界宗教が黙契される。黙契において、他者との出会いは「物自体《フェティッシュ》」の無限性の端緒となる。世界宗教の「世界」はそのように非中心化されてひとりひとりへと赴く。ポエジー（メタファとしての〝砂漠〟）は、「交通空間」を描く論理の抽象性の強度から現われうる。だが、柄谷における存在としてのポエジーは、論理における「呪われた部分」（普遍経済＝過剰性）ではなく、ほんとうは、論理が「物自体」に到達した表象としてのポエジーとは言えないか。あるいは、「実践」へと円環する自己差異がポエジーとして湧出する。ロゴスとエートスとが「実践」の寸前で刺し違える。その、夕陽が喫水する瞬間のようなテクスト、すなわち「抑圧されたものの回帰」が、野性という都市の原質に遊動性を呼び込む論理的な場面にポエジーが光芒するのである。

「実践」というエチュード

柄谷行人には、「具体的な現実の状況」に立ち向かうという「実践」の「基礎的なもの」へと恒常的に馳せ戻ろうとする無頼がある。「基礎的なもの」とは「実践」の寸前でそれを挫折させる知のアンチノミーでありうる。だが、現実的には、「基礎的なもの」を参照し抽象を高度化する一方、柄谷は、単刀直入で無防備な「実践」をむき出しにすることがあった。「基礎的なもの」は、例えば、共同性に対する防備を強固にするのではなく、むしろ、それを振りほどき、誰かを強引に「実践」の主体へと連れ出すのである。

〈結局、まず自分がデモをやるほかないんですよ。なぜデモをやらないのかというような「評論」を言ってたってしょうがない。それでは、いつまで経っても、デモがはじまらない〉(*6: 171)という胸の透くようなパロールは、戦後思想(共同性批判)というコンテクストから振りほどかれて、直接性と状況性とがプリミティヴにクロスする。確信的なエポケー(判断中止)による自己喪失が「実践」されるかのようだ。すくなくとも、思想における「実践」への懐疑を強引に解消しなければ「世界」は停滞したままであるという戦後以降の課題にキャッチアップするべく、柄谷は、例えば、国家を内在的に批判するのではなく、国家は他の国家に対して存在する(に過ぎない)という外部性を導入して、「実践」への通路を拓いたということができる。

だが、それは、国家というものがいまや外部性(相対性)において批判されつくされるほどに軟化したということではなく、それどころか、国家による抑圧は多方向に分裂し、メランコリーは分散し、パノプテコンの走査線は日常に多層的に張り巡らされている。むしろ、国家じしんが「自己差異化してゆく差異の体系」として、自らの外部性(相対性)に躓き、自らの内在性(共同性)を統覚することによって、「分業と交通」を緊密化しながら、「自然成長性」（*2: 255）を監視と抑圧の「実践」へと物質化しているのである。

「基礎的なもの」を鍛え上げる過渡性の主体としての柄谷は、一九八〇年以降、まず、文学のヘーゲル的な圏域（独我論の自閉的な体系性）から離脱した。自らを鋭角的な断片と化して、国家的なるものに対抗し、『トランスクリティーク』ではコミュニズムの可能性の中心からカントとマルクスの批評的相互性へと旋回して「倫理」をめぐるエスキスを堆積しながら、二〇〇〇年のNAM立ち上げという「実践」へと自らを励起し、国家の威力に「交換様式論」の「実験」を伏在するアソシエーションを対置した。同じように、『遊動論』で、柄谷が〈しかし、資本＝ネーション＝国家を越える手がかりは、やはり、遊動性にある。ただし、それは遊牧民的な遊動性ではなく、狩猟採集民的な遊動性である〉（*7: 192）という「遊動性」の主体は「超越論的主体」＝可能的「実践」主体と不可分である。同著で言及された、「一国」的民俗学を唱導した柳田の逆説は、リージョンにおいてのみ外部性が確保され「実践的な主体」が成立しうるという「内省」の場所を画定するのである。

『世界史の構造』の図式性に憑依したような叙述、『哲学の起源』のクリアカットなイソノミア（非支配、交換様式D）や柳田の言説に底流した遊動性（山人）の確信は、そのまま「内省」の重層化から現れる。それらの言説では、「形式化」が亢進し、批評の感性的な動線《ストリーム》が立ち消えているように見える。文学（感性という独我的剰余）が完全に消えている。批評―感性の契機を除去して見せるのである。

「抑圧されたものの回帰」のように、「超越論的主体」による「体系」が措定されたのである。このシークェンスそのもの、かつ、そこに至るまでの不敵な単独者の批評態度の持続において、柄谷行人の思想行動はこの国における他の思想的（批評）言説から一線を画していると言わねばならない。

どういうことか。それは、柄谷が、資本＝ネーション＝国家を越える「超越論的主体」として断片性から思想の世界性を射程におさめた脱－「体系」を現前させることによって、「倫理」の一義性（ドグマ）を「実践」したということである。柄谷のいう「倫理」は、自由をめぐるカント的な徹底性において迷いというものがなく、従って、「倫理」をめぐる言説は、感性的な両義性（両価性）を振り切るかたちで、反復的かつ一義的（決定論的）であるという非－再帰性のリスクを不可避にテイクしている。日本の大半の戦後批評が、敗北や否定性の独我的な展開を基調とし、恒常的に文学的内向性（あるいは、大衆感性）を優先したのに対して、柄谷はとくに一九九〇年代以降、文学を見限り、内面の葛藤というようなシーンには関心を寄せず、一方で、経済（交換）＝下部構造の側から国家を解くための「構造」＝「形式化」を「実践」と同致しようとしたのである。

書くことが生きることであると記された『探究』の断片性、《他者》論へ瞬発的に求心したロジックのエクスタシーは、資本＝ネーション＝国家を越える「倫理」を繰り込むことによって、国家をコミュニズム（アソシエーショニズム）の可能性へと送り込むための「構造」＝「形式化」の質量を把持しながら、書くことは生きることなのだという志向性へと円環されたはずだ。

それでも、ポエジーを旋回する謎は残余する。〈商人は、共同体の外部で、見知らぬ予測しがたい不可解な〝他者〟を相手にし、且つ彼を排除するのではなく、彼の自由を受けいれることでしか彼を拘束できないという場所に立っている〉(*5: 272)。イソップ寓話の「ここがロードスだ、ここで跳べ」と「命がけの飛躍」について記したマルクスのメタファに、柄谷行人は、メタファからは最も遠い存在であるはずの商人たちが共同体の外部あるいは境界に立って、「他者の自由」にカントのように相互的に同意することでしか取引(交換)が始まらないという「交通空間」の逆説を挿入する。砂漠の商人は、ランボーでなくてもメタファを抱えるのだ。そのように、世界史＝「交換様式」の諸段階《A、B、C、(D)》が、ポエジーを表出するように、断片から循環された柄谷行人の「構造」は神話的な摂理、ラカンに準じるなら、共時態－選択－相似性－範列というメタファの系列を導入しようとしているように見える。神話には、内面の葛藤が無いかわりに、出来事を絶対化＝脱－出来事化しようとする暴力があるからだ。

柄谷が『世界史の構造』で唱導した「世界同時革命」とは、カントが国際連盟に託そうとした世界―同時―平和の理念的ないいかえではあるが、それは出来事を引き起こす「超越論的主体」だけが振るいうる純粋暴力のことであり、目の詰まってしまった資本制と国家的走査線に編み込まれて身動きが取れなくなっているこの国の拘束と抑圧は、神話性の位相でしか仮借なく打撃されえないという事態の鏡像でもある。柄谷のいう「革命」の世界同時性は、現在の市場交換の世界(同一)性と連関していることは明らかであるが、NAMのような局地的展開の去就を踏まえれば、「具体的な現実の状況」（市場交換＝資本制）を理念的実在的に突破する見通しが立っているとはいい難い。だが、そのような革命の「現実性」を無限定に思考し続ける柄谷行人からはやはり眼が離せない。汝と世界との闘いにおいて支援されるべき「世界」の去就と、それは不可分であるに違いないから。

＊

1 柄谷行人『探究Ⅰ』（講談社学術文庫）一九九二年三月
2 柄谷行人『内省と遡行』（講談社学術文庫）一九八八年四月
3 超越論的主体による選択的な行為であり、「転向」とは異なる。
4 川村湊「畏怖・恐慌・外部」（『シコウシテ21』一九八九年九月所収）より
5 柄谷行人『探究Ⅱ』（講談社）一九八九年六月
6 柄谷行人『政治と思想１９６０－２０１１』（平凡社ライブラリー）二〇一二年三月
7 柄谷行人『遊動論』（文春新書）二〇一四年一月

第2章 反文学というプロジェクト

――「発見」、「転倒」、ロマン主義批判

文芸批評というコミットメント

柄谷行人の批評性はその言説の初期において「転倒」と「発見」のアクロバシーとして現れた。それは文芸批評への斜めからのコミットメントと不可分だった。文芸批評への関与は関与性への異化を孕みながら、思想へと媒介されていた。文学へのコミットメントへの（超越論的な）自覚において、文学の外部が予め批評意識に措定されていた。バタイユが経済学の普遍性へ経済学の外部からアプローチしたように、それは、文学を文学の外部性へと布置することによってしか文学に関与し得ないというパラドックスのパフォーマティヴな自己展開、その不可避の外部性において文学が批評の対象としてコンスタティヴに選択されているという自覚にバランスしていた。「日本近代文学」というものの近代性に苛立って仕方がないが、その近代性の繰り込みにおいてしか思想の契機がありえないというダブルバインドの情動が初期の柄谷行人に通底していた。

「転倒」と「発見」は、従って、柄谷が自らを文学へ召還する、そうしなければ遠心してしまう文学へと自らを連れ戻すための批評の駆動形態となった。一九七八年八月に公表された廣松渉との対談の冒頭で、柄谷は、〈ニーチェは、「真理によって破滅しないために、われわれは芸術をもっている」といっている。ぼくは自分の仕事を、その対象がどんなものだとしても、文芸批評の延長として考えています。実際また、マルクスについて考えることにおいても、ぼくは批評家から学んできたのです〉（*1: 137）と言い切り、文芸批評としてマルクス論を書いたことをめぐって、近代性の知の世界像を批判するにあたって、『資本論』の価値形態論は、「余計なもの」であるが故に、貨幣の起源と哲学・数学・神学の起源へコンシステントに迫るために、潜在的な体系を壊さねばならないというモチーフのもとで選択されたと述べている。大文字の哲学が哲学史を問題にするのに対して、どこにでもある貨幣から価値形態論を展開したマルクスの存在了解に注目した柄谷が、価値の内在性を認めず、価値というものを〈それと知らずして交換するという営為において間主体的に存立する或るもの〉の存立構造の可能性に見出そうとしていることについて、廣松は〈柄谷さんの場合、壊していくというのは、例えばマルクスであれば、物神性の秘密の暴露に通じるような意味での〝壊していく〟作業だと思うんですね〉(*1: 141)と一定の理解を示した。

「壊すこと」をめぐって、柄谷は、歴史的順序を表象するパラダイムという概念に、「系譜学的遡行」(ジェネオロジー)を対置して歴史的な時間の線形性そのものの転倒について、〈起源を問うとき、われわれは既に結果から出発しているのですから、見出される起源とは結果の産物にすぎない。そういう遠近法そのものをひっくりかえす〉(*1: 145)と語り、さらに、知覚自体が制度化されているという認識の布置からは廣松の「共同主観性」はそのイデア的形相において抑圧ではないかと問いかけた。存在(物象化)論の泰斗である廣松が次第に硬化し、哲学の正統性=哲学史の文脈を確保しようと重厚なターミノロジーを駆使して防戦するやりとりを柄谷は「解釈的循環」の必要を認めつつも、〈ハイデッガーならば、そこで哲学から詩(文学)へ転回していくのでしょうが、ぼくにとっては、その逆が課題〉（*1: 174）であるといって締めくくっている。

一九七〇年一一月の吉本隆明との対談にまで遡ると、自然過程と精神としての年齢をめぐって、年齢をもちこたえる秘密について問いかける吉本に対して、柄谷は、〈結局意識が自然に収斂していくということを、意識そのものが拒むようなものがある〉、〈自分と自分が激突するということが、ある人間にとっては意志として保とうとしているのに、漱石の場合には、それをむしろ嫌悪しながらそうならざるをえない〉（*2: 9）と述べ、自分を自然に引き戻す力は日常性にあると応えている。一方、〈吉本さんは経験の直接性に対して、とてもナイーヴな姿勢を保っておられる。現在のように、あれほど抽象レベルの高みにのぼっていて、なお原初的自己への畏怖というものを抱いている〉（*2: 25）と吉本に迫り、生理的成熟をめぐって〈批評家であろうと詩人であろうと同じで、自分に対する最後の問いを発しなければならない〉（*2: 34）という吉本のコメントを抽き出している。その問いとは、吉本において批評家、詩人という資質の背後にある経験と抽象の連関の強度を描くものだ。問いを問い詰めるという運動性は、詩や小説ではできないかもしれないが、批評というかたちではできるかもしれないと吉本は付言している。

批評とは文芸批評以外ではない。そうならざるをえない近代文学（葛藤の独我論的展開）の表象を「意識」と「自然」の函数として嫌悪しながら語ることは、批評における「命がけの飛躍」に近い企投である。一九六五年に吉本隆明の『言語にとって美とはなにか』、一九七〇年に江藤淳の『漱石とその時代』第一部が刊行され、戦後の文芸批評はひとつの飽和点に達していた。いや、飽和点が現前するヘーゲル的な時空構成においてピークアウトしていた。「戦後文芸批評」以降になおも見出されねばならない批評のロールモデル、例えば漱石の小説に現れる関係意識の背後に倫理的な位相と存在論的位相の逆説的な構造を画定しようとする文芸批評の範式から、文学という現象を非ロマン主義的な相対的表象へ連れ出すアプローチが暗黙に選択されたということだろうか。

　戦後文芸批評の言説形態の向こう側に「発見」される批評は、「原初的な自己への畏怖」をリスペクトするが、作品への視線は非ロマン主義的であり、相対的であり、時代や状況への自己投影的な解釈を許さない。ロマン主義や時代状況の決定論に準じるとき、文学は「原初的な畏怖」から逃走している。「原初的畏怖」をロマン主義に循環させないためには、その慄きの対象性がカント的な「物自体」として恒常的に更新されていなければならない。テクストを差異のたわむれに還元することで、作品はいったんは相対化されるが、「差異のたわむれ」が絶対化されるとポスト・モダンの閉域に回収されてしまう。柄谷行人にとって文芸批評は、パフォーマティヴな思想行為の入り口になったが、それは、戦後批評の飽和点以降の不可避のモメンタムにおいて、歴史の線形的時間性の転倒、「壊すこと」という当為の対象として文学が現れる偶有性、そこから離脱されるものとしての文学の偶有性がつねにすでに張り合わされていたということが出来る。

「発見」と「転倒」

その意味で、『マルクスその可能性の中心』は、「貨幣」を「発見」したマルクスの慄きを文芸批評というアプローチによって思想的に異化して見せた文字通りの「トランスクリティーク」(移動と視差による批評)の実践に違いなかった。その冒頭の節で〈『資本論』という作品が卓越しているのは、それが資本制生産の秘密を暴露しているからではなく、このありふれた商品の〝きわめて奇怪な〟性質に対するマルクスの驚きにある。商品は一見すれば、生産物でありさまざまな使用価値であるが、よくみるならば、それは人間の意志をこえて動きだし人間を拘束する一つの観念形態である。ここにすべてがふくまれている〉(*3:11)と述べた柄谷は、マルクスのヘーゲル批判はほとんど無視してもよく、むしろヘーゲルと近似的な場所でマルクスが「支配していない」体系、価値形態論において「まだ思惟されていないもの」を「その可能性の中心」と考える。「中心としての」一商品は貨幣形態(一般的価値形態)という「中心のない関係の体系」において出現する。マルクスが見出したその「原初の光景」を「目的論的思考」にとらわれず超越論的なものの転倒において保存すること。「体系」や「構造」を疑うという発想から、「差異」のたわむれとしての貨幣形態＝音声文字＝意識に敷衍され、差異性を隠蔽する「世界貨幣」や技術革新が批判される。

この本に描かれた三つの「転倒」について柄谷の論点を書き抜いて置きたい。一つ目は、「内面」である。〈いったい私たちはなぜ「書く」のか。「話す」ことによっては、もはやいい足りぬ何かをもつからだ。それこそ、ひとが「内面」とよぶものである。このような「内面」を文字をもたぬ子供はもたない。「内面」そのものが、文字の結果なのだ。(中略) 貨幣＝音声的文字を、「内面」つまり商品に内在的な価値からではなく、マルクスのいう象形文字としての価値形態から考えねばならない〉(*3: 44)。二つ目は、「恐慌」についてである。〈恐慌はそれ自体古典派経済学への批判である。(中略)〝正常〟な側面においてではなく、例外的とみえる〝異常〟な側面において資本制経済学をみるという視点こそ、『資本論』において古典経済学への根底的批判を可能にしたのであり、(中略) それまでの「哲学史」総体の批判をはらむのである〉(*3: 68)、〈恐慌とはなにか。それは、価値の関係の体系が一瞬解体されることだ。物の内在的価値がそのとき消えてしまう。いいかえれば、恐慌は、貨幣形態がおおいかくしていた価値形態――象形文字――を露呈させる〉(*3: 71)。

三つ目は、「革命」とマルクス主義をめぐって、〈スターリニズムの暴力性・非人間性は、人間の主体性を否認するところからくるのではなく、逆にそれを絶対化するところからくるのだ〉(*3: 111)、〈目的意識性それ自体が、遅延化にもとづく受苦性に発している。人間の「意識」は自発性・主体性としてあるとき、そのことに気づかない。しかし、「意識しないがそう行う」のであり、人間は「考えている」のとはちがったことをやってしまうのだ。革命とは、新しいものを創出することではない。それはすでにおこっている「変化」に追いつくことである。人間は目的的にたちむかうとき、実は「遅れ」を過剰にとりもどそうとしているのである〉(*3: 113)。

何れも、「内面」も「価値」の内在性も「革命」もすべて、それらの概念の背後にある主体の順序構造が削除されて「物自体」に回帰するシークェンスである。「内面」、「価値」、「革命」はむき出しの表象として「発見」される寸前の「不気味なもの」に押し戻される。「原初的自己への畏怖」のもとで「発見」される寸前のモノとして、「文芸批評」の還元性に同期する。いいかえると、「文芸批評」が「発見」されるためには、思想のオーソドキシーを駆動してきた概念を意識の生成以前の場所に連れ戻さねばならない。その因果性の解体において「文芸批評」は、思想によって参照されうる抽象の強度、「物自体」のポテンツを保存することが出来る。

この「転倒」の構造は、柄谷の『トランスクリティーク』を「必読の書」と評価したスラヴォイ・ジジェクがカントのアンチノミーについて、肯定性は否定判断で表現され、否定性は無限判断で表現される、非感性的直感と感性的直観とがモノの対象的な規定性において肯定判断を否定すると述べた輻輳的な逆説に近似的である。ジジェクが〈カントは、現象と本質という伝統的な哲学上の対立を、根本的に別の論理にしたがう対立、現象的な現実性と叡知的な〈モノ〉の対立に置き換えたのである。「本質」として現象するもの（われわれ自身のうちなる道徳法則）は、われわれの有限性の地平の内部、現象的な現実性のわれわれの限界づけの内部でのみ、可能であり、また、思考可能なのである〉（*4: 220）とアンチノミーを捉えた位相において、柄谷の「転倒」は、倫理の実践あるいは否定判断と無限判断の反転における形象化、現実的なものから象徴的なものへの転換の論理を担った。

つまり、ジジェクのように言うなら、「転倒」とはある対象性における無限判断の否定的な実践なのである。「内面」、「価値」、「革命」を「物自体」へと呼び戻し、自分自身に遭遇させるための冒険へと柄谷は踏み込んだ。それ以外に、文学的表象を現実と対立的にではなく対等なものとして批評する選択はあり得なかった。文芸批評の「その可能性の中心」は、文学というものの臨界を現実の時空に先立たせること、〈超越論的統覚である「私」は、「考える〈モノ〉」である自分自身に決して近づくことができない、まさにそのかぎりにおいてのみ、「自己を意識」している〔自己意識である〕といいうるし、自らを自由で自発的な行為主体《エージェント》であると経験できる〉（*4: 324）契機をつくりだすこと以外にない。カントの三批判書がそれぞれ「人格」、「最高善」、「美」を裂開したように、文学は永遠の分裂が主体を奪還する唯一の場となる。

反文学的ポリフォニーへ

そのように文学を「発見」した柄谷行人は、「転倒」によってパフォーマティヴな展開にドライブがかかり、一九七七年から連載された文芸時評は「反文学論」と題され、日本文学が本来は不純な言説である小説を偏重する制度性や自閉性を批判した。さらに一九七八年以降の論文によって構成された『日本近代文学の起源』において、柄谷は「発見」を媒介にして「起源」を断言するというアプローチをとったと考えられる。文学の過飽和において反文学的という態度がイロニカルに析出するように、文学（の蓋然性）へコンスタティヴに言及するポジションにおいて「起源」が選択されたのである。「起源」が選択されたということは、柄谷自身が述べたように「結果」（終焉）が選択されたということである。「起源」と「終焉」の弁証法が、カント的な「転倒」の構造に背反するかたちで「発見」の一回性を励起している。柄谷におけるカントとヘーゲルが刺し違える劇が伏在する。

ヘーゲルにおける「対立的規定」の同一性が全体の同一性を開示するというトートロジーをめぐるジジェクのテクストをもう一度参照するなら、〈偶然性はわれわれの知の不完全性を表現しているのではあるが、しかしこの不完全性は知の対象それ自体を存在論的に規定してもいるのである――それは対象それ自体が、いまだ存在論的に「現実化《リアライズ》」していないこと、十全に現実的《アクチュアル》ではないという事実を証し立てている〉（*4: 295）。つまり、偶然性＝「発見」は、経験とその対象の可能性の条件を否定的に肯定するのである。

〈私の考えでは、「風景」が日本で見出されたのは明治二十年代である。むろん見出されるまでもなく、風景はあったというべきかもしれない。しかし、風景としての風景はそれ以前には存在しなかったのであり、そう考えるときにのみ、「風景の発見」がいかに重層的な意味をはらむかをみることができるのである。（中略）「風景の発見」は、過去から今日にいたる線的な歴史において在るのではなく、あるねじれた、転倒した時間性においてある〉（*5: 17）。認識の布置の変成において風景が見えるようになるや否や、それらはロマン主義的思考によって描写されはじめ、風景の起源（転倒した時間性）は忘れ去られる。だから、イデオロギーとしての（近代）文学を解くためには、「風景」の起源（反歴史性）が見出されねばならない。「風景の発見」が発見されねばならないのである。それは、「ふたたび見出されたとき」（プルースト）に伏流するベルグソニズム（生気論）とは反対に、「物自体」として現れた「風景」に身を挺した「言文一致」による「表現」の成立と「内面」のオートマティズムとの共犯関係を審問するということである。

〈「内面」ははじめからあったのではない。それは記号論的な布置の転倒のなかでようやくあらわれたものにすぎない。だが、いったん「内面」が存立するやいなや、素顔はそれを「表現」するものとなるだろう〉(*5: 61)、〈だが、モナリザという人物の微笑はなにを表現しているのかと問うてはならない。そこに「内面性」の表現をみてはならない。おそらく事態はその逆なのだ。「モナリザ」には概念としての顔ではなく、素顔がはじめてあらわれた。だからこそ、その素顔は「意味するもの」として内面的な何かを指示してやまないのである。「内面」がそこに表現されたのではなく、突然露出した素顔が「内面」を意味しはじめたのだ〉(*5: 68)。

「内面」もそのようにして「発見」されたということである。だが、文学の表象が徹底的に相対化されたということは、柄谷における文学という対象性の確信、「風景」や「内面」が「発見」される唯一の媒介としての文学が絶対化されたという逆説を孕む。偶然性＝「発見」のフィールドとしての文学は、世界認識の相対性を実証するアモルフなパフォーマンスとして忘れ得ぬ地上の必然を担わねばならない。「物自体」が世界に先行している。そのことを忘れないために、「風景」、「内面」そして「文学」の発見が不断に「発見」されねばならない。ニーチェは『反時代的考察』で人間における忘却の能力を肯定したが、その能力とは「発見」の可能性を無条件に更新する意志に等しい。

同じように、「告白」という近代文学の自我表象の符牒である「内面」や文学的な「主体」は、その制度的、キリスト教的な由来において政治でありイデオロジカルな権力であるという「転倒」が断言される。〈「国家」に就く者と「内面」に就く者は互いに補完しあう〉(*5: 112) ことで互いの起源が隠蔽される。見極められるべきなのは文学の歴史性であると繰り返す局面では、柄谷はあくまでヘーゲル的である。だが、「転倒」によって「内面」や「主体」はカント的に「目的の国」に召還される。ここでもヘーゲルとカントは刺し違えている。

この刺し違えに付会するなら、柄谷の『日本近代文学の起源』は吉本隆明の『言語にとって美とはなにか』のカント的な変奏なのである。インデックスを見ると、吉本は言語の本質と属性をめぐって指示表出と自己表出のマトリックスを駆使して、言語の意味、価値、像を価値論、意味論と交差させ、後半で、詩・劇・物語に腑分けした「構成論」へと展開する (*6)。一方、柄谷は、近代文学における「風景」、「内面」、「告白」という表現行為のフレームワークを「転倒」(という当為の倫理性) によって形式化し、「構成力について」で近代文学の「内面」的な「深さ」の感覚の背後にある遠近法的、超越論的な配置の必然を問う。

〈マルクスは、ヘーゲルが階層的発展の「原因」を対立や矛盾に見出すのに対して、実は対立や矛盾がいつも「結果」（終り＝目的）からみられたものにすぎないことを指摘する。対立や矛盾はいわば〝作図上〟存在するのであり、「原因」もまたそうである。マルクスは、それに対して、「自然成長的」な生成、あるいは自然成長的に変化するような多重構造体を見出している。これは、遠近法的に構成された歴史（弁証法的であれ進化論的であれ）に対して、先にのべたような意味での「身体」を見出すことだといってもよい〉（*5: 185）。

ヘーゲルとカントが刺し違えるというドラマツルギーに準じるなら、吉本隆明の著作はヘーゲル的な世界認識を骨肉化した表現論＝発生論であり、柄谷の著作はカント的に現象と本質の対立を「物自体」として出現（転倒）させた反表現論＝起源論である。両者には平衡関係も対偶関係もないが、マルクスが国家を超えようとした志向的な場所で両者は交差するにちがいない。そのように、ヘーゲルからマルクスへと流れる思想の自然史的な「時間」に対して、マルクスからカントへと遡行される思想の「空間」のねじれが現れるはずだ。

「天使」の訣別

一九八〇年代、柄谷行人は反文学的に文学にアプローチして至近距離でそれを相対化するという文芸批評から踵を返す。『内省と遡行』で「終わりなき分析」（ラカン）へと「転回」し、多様性としての事実性、そして不在としての「外部」に出ることによって、「自己差異的な差異」の体系において「形式化」（構造化・厳密化）が方法としてつらぬかれようとした。そして、詩的に語ることを自らに禁じた。『探究』の二冊、『批評とポストモダン』では、「形式化」をめぐるエクリチュールの挫折とダイナミズムが跛行的に現れた。

ところで、八八年三月の日付がある『内省と遡行』の文庫版の「あとがき」で柄谷はヴェンダースのフィルム「ベルリン・天使の詩」の「天使」（ベルリンがナチズムとスターリニズムのもとで荒廃にいたっても無力だった天使たち）に自らの八〇年代の仕事を重ねて、〈天使たちには、地上の人々がどこにいようが見えるし、彼らの内心の声がすべて聞こえる。しかし、天使たちは、何も「経験」しないし、「知覚」しない。彼らが把握するのは、いわば「形式」だけなのだ。彼らは、人間の歴史をずっと見てきているが、一度も生きたことがない。さらに、彼らにとって、歴史は、たんに形式の変容でしかなく、なにごともそこでは起こらない。つまり、歴史は存在しないのである〉（*7: 319）と述べ、〈形式的であること、それは、いわば「天使」たることである。（中略）しかし、「天使」たることは不可欠であり、かつ不可避的である。われわれは、いちど徹底的に「形式的」となるのでないならば、「人間」にはなれないだろう〉（*7: 319）と自らに語り聞かせるように記した。

「形式」という「真理」によって破綻しないために、「天使」が呼び出される。ヒューマニズムの彼岸に在る「天使」は、しかし、人間になること（他者を愛すること）を求めて「詩」に呼応する、あるいは、ハイデガーのように「詩」的であることを「選択」する。

主に一九八九年に書かれたものによって編まれた『終焉をめぐって』は、オルフェウスがエウディリケを振り返ったように、「天使」がひととき地上を振り返る濃密な視線が文学に注がれる。しかも、詩的であることと同じように自らに禁じた「終焉」という理念が言説の中枢に置かれるのである。柄谷において過飽和となった文学は、八〇年代、「真理」(形式)を析出しようとした。その結晶の断面は、断片性と体系性、日本語によるエクリチュールの限界、「作品」という罠などによって純粋平面であることの困難に遭遇したはずである。そんななか、「昭和」の終わり、ベルリンの壁の倒壊(東西分断の終わり)、冷戦体制の終わりが訪れた。「終焉」をメルクマールにして、ひととき文芸批評が復元した。

じじつ、この本は大江健三郎、三島由紀夫、村上春樹、中上健次らの小説を個別に読解し、柄谷の他のどの著作よりも文芸批評的であるふうに見える。しかし、〈哲学を終りにおいて見るだけでなく、終りから見ることが哲学なのだ。こうして、ヘーゲルにおいて哲学は哲学史となる。(中略)ところで、「終り」から見ることは「目的」endから見ることである〉(*8: 138)と述べる柄谷は、三島由紀夫の自決をめぐって、一九七〇年=昭和四十五年という時空のベンチマーキングを掲げ、「終り」に回収し得ない「昭和」と「明治」のシンクロニシティから近代日本史の言説空間の課題を提起する。また、村上春樹について、主人公たちの無限定な任意性と「無責任」の倫理性を指摘し、村上が「このもの」の現実性から「闘争」放棄の詐術（超越論的な自己の確保）に逃亡したことを批判する。だが、それは村上だけに対する批判ではない。独我論的世界の賦活が「明治」との相同性において大東亜と天皇を賦活する「歴史」の循環が批判されるのである。

この反ロマン派的なスタンスは、「原初的自己への畏怖」からの訣別を意味している。いや、七〇年代において非ロマン主義的に「原初的自己への畏怖」をリスペクトした柄谷は、八〇年代の「形式化」をめぐる格闘を経て、反ロマン主義的なポール・ポジションに疾駆したのである。「転向論」、芥川の自殺や中野重治の「村の家」の孫蔵をめぐる「大衆の原像」による思想解釈について柄谷は〈吉本隆明は、知の課題は、知の頂を極めそこから「非知」に向かって静かに着地することだといっている。しかし、いうまでもなく「知の頂」などというものはありえない。あるとすれば、それは「全体」を見通すヘーゲル的な主体＝知識人の表象においてのみである。知識人（知）は大衆（自然）の自己疎外態であり、それゆえ大衆＝自然＝無知にたどりつくことが知の課題である、というような円環はロマン派的なものだ。つまり、それは知識人と大衆を根本的な同一性においてみているのだが、そのような知識人も大衆もごく近年の産物にすぎないのである〉（*8: 176）と述べ、サルトル、フーコー、デリダらも「知性」の本質において「非知」に赴いた経緯に言及した。

このとき、柄谷における「原初的自己への畏怖」からの訣別の強度は、批評表象のポリフォニーからヘーゲルとカントの思想的なクレバスの閾値まで拡大したといえようか（*9）。「天使」は二度と

「詩《ポエジー》」を振り返ることはないだろう。ただ、柄谷におけるロマン性の彼岸への冒険、「非知」をさらに「知」でつらぬこうとする冒険、世界同時革命（「構造」＝「形式化」による「世界史」の転覆）の内在的な「実践」が「終焉」していない現在、すべての去就は、ベルリンの壁の倒壊後三十年が経過した「いま・ここ」における抵抗性のアポリアに重層すると言わねばならない。

＊

1 柄谷行人『ダイアローグ』冬樹社、一九七九年六月
2 柄谷行人『ダイアローグ 1970―1979 Ⅰ』第三文明社、一九八七年七月
3 柄谷行人『マルクスその可能性の中心』講談社、一九七八年七月
4 スラヴォイ・ジジェク『否定的なもののもとへの滞留』酒井隆史、田崎英明訳、ちくま学芸文庫、二〇〇六年一月
5 柄谷行人『日本近代文学の起源』講談社、一九八〇年八月
6 吉本隆明『言語にとって美とはなにか』（『吉本隆明全著作集6』）勁草書房、一九七二年二月
7 柄谷行人『内省と遡行』講談社学術文庫、一九八八年四月
8 柄谷行人『終焉をめぐって』福武書店、一九九〇年五月
9 柄谷行人『トランスクリティーク――カントとマルクス』岩波現代文庫、二〇一〇年一月

第3章

柳田国男、遍在する局地の鏡

エチカとしての「記録」

柳田国男の民俗学は、ひたすら事実性の記録であることを志向した。それは、この世界には事実だけが記録に値するという柳田の立ち位置と釣り合っていた。妖怪が現れても、山人が山人へと追い込まれる人倫の怜悧な威力が辿られても、それらの事実性だけがそのまま記録という方法と均衡した。柳田にとっては神隠しや「お化け」(空想)の言説の集積も、「五十ばかりの男」が鉞で二人の子どもの首を打ち落として不分明となる人間苦の「隠れた現実」も、事実性の深度(物深さ)において等価に記述されるべき出来事だった。逆に言えば、柳田は「つくり話」を嫌悪した。語り継がれた事実とそうではないものを峻別したのは、柳田の最大限の科学と自然主義の実践だったはずだが、その中心に世界の現実をめぐる彼のエチカがあったのだと思われる。「つくり話」を嫌悪するということは文学を嫌悪するということに等しい。「松岡国男」としてひととき新体詩を牽引した柳田は、あるとき、田山花袋に山人/山民的な事実を小説にすることを迫り、田山はその過剰な事実性にたじろいでそれを拒絶する。「つくり話」の位相をぎりぎりまで償却したはずの自然主義においても、山人/山民的な事実性の重量は手におえなかったということである。

文献に委ねても、聞き書きを展開しても、柳田の情感を押し殺したような淡々とした文体は、その意味、伝承行為の本質に接近し、自然主義をものともしないエチカの実践以外ではない。つまり、柳田のエクリチュールそのものが伝承行為に加担しているのである。『山の人生』のロマン主義的な側面を指摘し、出来事の背後にある事実は柳田的ロマン主義によって「寓話」化、「説話」化されたという大塚英志が、前記の田山花袋の拒絶をめぐって、〈『遠野物語』の背後にはその土地の人々が生きる「自然」に加え、歴史的文化的環境としての「第二の自然」があり、後者をも包括するのが柳田式自然主義である。（中略）柳田は「寓話」の方ではなく「第二の自然」としての歴史的民族的社会的環境の自然科学的記述（つまり「記録」）の方を彼の「文学」とした〉（*1:441）と述べた「第二の自然」こそがエチカの実践であり、そのエチカにおいて「文学」は転倒されている。固有な幻想や葛藤＝独我性の表出である「文学」とは反対に、柳田の「文学」とは、「第二の自然」としての伝承における社会環境の共同的な中枢に向かって消失する固有性の「記録」に違いなかった。

「記録」が事実性（現実性）と熾烈に格闘するのは、神隠しや鬼の子や異人の三足の足跡などの出来事をめぐる記述である。記されるそれらの不思議は、日常の平坦線に亀裂を入れる。だが、「記録」はそれらの不思議が事実（現実）＝実在であることを黙示する。非現実（不思議）なものの現実性が柳田の「記録」によって析出されたということである。

柳田国男は異人が出現するいくつかの言説の構造について、次のように記す。〈「うそ」と「まぼろし」との境は、決して世人の想像するごとく、はっきりしたものでない。自分が考えても、なおあやふやな話でも、何度となくこれを人に語り、かつ聴く者が毎《つね》に少しもこれを疑わなかったら、ついには実験と同じだけの、強い印象になって、後にはかえって話し手自身を動かすまでの力を生ずるものだったらしい。昔の精神錯乱と今日の発狂との著しい相異は、実は本人に対する周囲の者の態度にある。我々の先祖たちは、むしろ怜悧《れいり》にしてかつ空想の豊かなる児童が時々変になって、凡人の知らぬ世界を見て来てくれることを望んだのである。すなわち沢山の神隠しの不思議を、説かぬ前から信じようとしていたのである〉(*2:47)。

つまり、異人は待ち望まれていた。異人は伝承の蓄積において出現したのではない。何度となく人に語り、聴く者がそれを受容し、両者の相互関係が語る者におけるオートマティスムをサポートした。「凡人の知らぬ世界」は望まれ、信じられ、言葉が刻する果てに出現することが「語り」の中心で必然化されていたのである。いいかえると、異人は伝承行為において、あらかじめそこにいた。彼らがそこに在るという確信を遂行するように伝承という行為が成立した。その意味で、伝承の記述は超越的である。このオートマティスムの超越性は、折口信夫が国文学の発生をめぐって明言した信仰の原理(宗教起源論)とは紙一重で異なると考えられる。ともに超越性が前提されている。だが、折口が「モノ語り」に求心したのに対して、伝承は伝承以前の「第二の自然」をゼロに引き直す場所から「記録」のエチカを立ち上げたのである。

柳田国男が山人を平地人に追われた列島孤の先住民と想定したことはよく知られている。山人は通例、衣をまとわず、火を使用せず、穀物を食べることが殆どない。そのため、山人の出現が「記録」されるとき、彼らは穀物(米)に誘惑されている、あるいは、穀物をめぐる遠い民族の悲劇が山人の出現、その「記録」という事態の連鎖に堆積している。〈山の人生の古来の不安、すなわち時あって発現する彼らの憤怒、ないしは粗暴を極めた侵掠《しんりゃく》と誘惑の畏れなども、幾分か自然に近く解釈し得られるかと思われ、これと相関聯する土地神の信仰に、顕著な特色の認められるのも、畢竟《ひっきょう》はこの民族の歴史が、これを促したということになるのである〉（*2: 166）。「凡人の知らぬ世界」を彼らに知らしめる「記録」という行為は、山人の出現、すなわち、山人と平地人との境界における出来事、不可避的に象徴交換（侵掠と誘惑）と畏れ（信仰）とが交差する「民族の歴史」を表象した。事実性の境界的な叙述が歴史の現場であるという転倒において、それはエチカの実践以外ではなかった。

赤坂憲雄は、『柳田国男を読む』において、八〇年代に現れた後期柳田の「一国民俗学」に対する批判を視野に収め、ときにそれらに異議を呈するかたちで、松岡国男の「歌の別れ」、「山人」や漂泊民との別れ、常民への傾斜を丹念に辿っている。漂泊と定住のあわいに注がれていた濃厚な「記録」への視線が、歴史の横断面における多数的な空間の日本人固有な同一性を発見しようとする企図へと内在的に変化《シフト》したことをめぐって、〈柳田の常民史学のけっして問われることのない前提が、ここには露出している。（中略）遠く隔絶した交渉のない土地において多くの一致が見いだされる。それは根源の年久しいことを思わせ、「元は一つであつた民族」がそれぞれの時代に分岐し、それぞれの土地に村立てしつつ偏差《ズレ》を孕んだ文化を産んでいったことを想像させる、そう、柳田は説いた〉（*3: 62）と描かれる。「記録」が終わり、「物語」が定立されたひとときといえようか。

だが、柳田は単純に「山の人生」を棄て「稲のある風景」を選択したのではない。ひとつには、一連の山人論が「記録」された十年のタイムスパンには世界史においてロシア革命から第一次大戦がすっぽり収まり、柳田は国際連盟委任統治委員会の仕事でジュネーブをはじめヨーロッパを歴訪し、公人として反植民地的な姿勢を明示していた。一国的な「稲のある風景」を踏み堪えることが、先住民の悲劇を世界規模で攪拌しないための黙契となりえた。つまり、初期柳田における「記録」は、拡大した公人としての生活領域における社会的課題へのコミットメントとして持続されたのである。もうひとつ、赤坂憲雄が卓抜に指摘したように、柳田のエクリチュールには、他界願望と経世済民という相異なる志向のせめぎあいがある。「山の人生」から大凡二十年を経て「先祖の話」を著する柳田の振幅には、カントが合理主義（超越論）と経験主義（現実論）とを並行的に批判したようなアンチノミーが伏在した。だから、赤坂の相反的な志向のせめぎあいという指摘はそのとおりだが、他界願望とアドレッセンスの感傷、経世済民と農民の貧困への問いが連関されるのではなく、柳田が全現実へのアプローチを期したエクリチュールは、「記録」と「物語」とを可換的な表象として持続させていた。すなわち、「物語」には「記録」におけるエチカの挫折が、「記録」にはやがて全現実が「物語」られるものとして現れる宿命が、ともに孕まれていたと考えるべきである。

シニフェとしての「一国民俗学」

柄谷行人は、『遊動論』、で柳田国男の民俗学は境涯の相次ぐ挫折から生成したと述べている。まず、農商務省の官僚としての柳田は、富国強兵への投下資本を農民から収奪し、農民から兵士を徴用する「農本主義」に反対し、小農が協同組合で連合し、総合的な産業空間をつくる政策を提唱したが、全く受け入れられなかった。戦後出版された『先祖の話』では、宮中の祭りと村の祭りとの類似を述べ、天皇が常民であるというモチーフは天皇制や国家神道の相対化を含んでいた。しかし、柳田の論調は、戦後の言論のコンテクストのなかで、「反動の犠牲」という評価しかもたらさなかった。また、一九二一年に沖縄に向かった柳田は、後に村井紀によって日韓併合への関与を打ち消すためだと批判された。現実的には、柳田は東北を見るのと同様の視点で沖縄に注目し、平地民（本土）との収奪（非対称的）関係を指摘したが、柳田国男の死後、一九七二年の「沖縄返還」によって実現されたのは、米軍基地の集中であり、柳田の南島論の敗北が刻印された。

まだある。柳田国男は山人や漂泊民をめぐる初期の仕事から、稲作と常民の空間的均一性を実証することにフォーカスを移して反動化したという通念がある。交通や日本社会の多様性に軸を置いた網野善彦は武士と農民との生産関係の臨界の限定性を明示したが、そのことは、山人から常民へと「記録」の対象をシフトし「一国民俗学」という姿勢に傾斜した柳田のへの批判を含んでいた。柳田民俗学の「一国」性の評価のコンテクストについて、柄谷は、最初に柳田が「一国民俗学」を提唱した一九三〇年代の満州事変後の状況において、それは反時代的だったと述べる。その抵抗性は、農政官僚としての柳田の企ての敗北の延長線上に位置するが、日本が一国的であることを余儀なくされた敗戦後において、「一国民俗学」は常民の概念とともに真っ直ぐに受け入れられた。ところが、一九七〇年代以降の高度成長期から八〇年代のバブル時代、膨張主義に転じた日本経済が主にアジア圏において覇権的地位を獲得した時期、思想的にはそのような現実と並行的（翼賛的）にポスト・モダンや脱領域性が唱導されたコンテクストで、「一国民俗学」は攻撃の標的となった。その場合、柳田民俗学の「一国」性への批判は、「単一民族神話」に通じる反動性を帯びているという解釈に加え、初期の山人や漂泊民の「記録」のアルシーヴを放棄して「一国民俗学」の物語的言説を特権化したという解釈を呼び込んだ。

このような通念、すなわち柳田の「転向」を問うということが、赤坂憲雄のような実直な碩学をはじめ柳田学の定常的な端緒となっている。つまり、通例の柳田学は柳田の「転向」を認識するところから反芻されることになる。これに対して、柄谷行人は、先に描いたようなコンテクストの推移、「一国民俗学」の理念性ではなく、時代の意味性のコンテクストにおいてシニフェ（意味されるもの）としての「一国民俗学」の両極的な変転において、「転向」したのは柳田国男ではなく「一国民俗学」を解釈し批判したそれぞれの時代の言説であると述べた。相互性を解《ほぐ》すように言えば、次のようになる。〈柳田はこの間に、初期にもっていた姿勢を変えてはいない。すなわち、山人の存在、あるいは山人的な遊動性を一度も否定していない。（中略）しかし、常民と一国民俗学を唱えた柳田は、遊動性一般を否定する者とみなされるようになったのである。／人は対象が移動するのを見逃すことはめったにない。しかし、対象を見る者自身も移動しているということは、しばしば見逃される。柳田を論じるとき、われわれは、柳田の歴史的変化とわれわれ自身の歴史的変化とを交差させる、トランスクリティカルな視点を必要とするのである〉（*4: 41）。

つまり、山人論において、山人をめぐる理念において柳田は最後まで非転向だった。むしろ、「転向」したのは、示差－視差《パララックス》としての「一国民俗学」を解釈する権力、それが意味される恣意性を絶対化する一義的な言説群なのである。柳田にとって山人は「うそ」でも「つくり話」でもなく実在だった。語られ、採取された言葉において実在だった。さらに言えば、柳田が「記録」した対象は、最終的にすべて実在だった。さまざまなファンタズムの広域的な類同性が確認され、ついに実在に届きうるまで採取が継続されて「記録」が形成されたということである。

〈そういう昔語りも学者の手にかかると何とかかんとか古史の記録を調和させようとし、又は時代の常識で合理化させなければ承知しないが、文字のない人人が旧い事を伝えようとした動機には、それとは又格別なものがあったらしいのである。第一には親々の固く信じたということに同情して、それをいつまでも覚えておこうという心持ち、第二には「昔」という時の中にはどれだけ多くの神秘奇《き》瑞《ずい》があったか知れぬという一種の憧《けい》慕《ぼ》、さらに又現在生活の不如意と不安とを、しばしばこういう思い出によって忘れようとした、素朴な芸術欲などと、これから進んでわれわれが明らかにしなければならぬものが、まだ幾らでもあるのである〉（*5: 174）。

そのように、妖怪も実在となる。ファンタズム（幻影）は「記録」の累積によって除去され、真の妖怪が自然世界そのもの、カントのいう「物自体」として現れるのである。「現在生活の不如意と不安」が独我的な葛藤（文学）を抜けて、「いつまでも覚えておこうという心持ち」すなわち伝承と「記録」への意志へと昇華される道筋が的確に描かれる。

柄谷行人は柳田の民俗学は「実際問題」と切り離せないと述べている（*4: 11）。農政官僚としての政治的現実へのコミットメント（とその挫折）と民俗学とが並行的に進行したというよりも、「記録」の徹底性の果てで、ファンタズムと「実際問題」は、経世済民の極致のイメージにおいて遭遇したのである。

どういうことか。初期柳田における山人のファンタズムは、反国家的なアソシエーショニズムの原基として、柳田的な「実際問題」の通底性、柄谷行人の現存的課題をともにつらぬいているのである。柄谷によれば、柳田の農業政策は、国家による農業保護そのものに異議を呈し、農業生産力を向上する見地から「協同自助」を提唱した。柳田は日本や中国の近代以前の社会から社倉という「自治的な相互扶助システム」（*4: 59）を繰り込もうとした。〈このように、柳田の農政学は舶来の制度や理論を説くことではなく、むしろ、従来あった労働組織（ユイ）や金融組織（頼母子講《たのもしこう》）に、新たな意義を与えることであった。その意味で、彼の農政学は最初から、史学的・民俗学的であった。同時に、柳田の民俗学は農政学的であったともいえる。というのは、それは根本的に大勢の人たちの協同作業（ユイ）に基づいていたからだ。それは近代文学のように個人的な作品ではありえない〉（*4：60）。農政学と民俗学は「実際問題」においてアソシエーションを契機として融合しうる。一方、近代文学に限らず、文学は独我的な葛藤が主戦場であり、アソシエーションとは最後まで親和しない。ただ、独我的であることに「実際問題」が内在されない文学は、個人と社会との現存的な相互規定性を持ち出すまでもなく、「個人的な作品」であることを全うしえないことも明らかである。

だが、柄谷はどこかで、「実際問題」の如何にかかわらず、文学の個人性（「個人的な作品」であることを絶対化すること）を見限ったように見える。つまり、文学が「実際問題」との弁証法の器になりうる可能性、あるいは、その弁証法が文学において展開する「物語」の場所は、柳田におけるアソシエーショニズム、柄谷におけるアソシエーショニズムの柳田的実践の「記録」が遂行されようとする志向の中心で解消されたのである。〈柳田国男にとって、農政学は協同組合に集約される。とすれば、彼が、〝山人〟に注目したのは、農政学を離れることではなかった。民俗学と見える彼の著作は、平地人、つまり、稲作農民に、かつてありえたものを想起させ、それが不可能ではないと悟らせるために書かれた。彼が〝山人〟に見出したのは、「協同自助」をもたらす基礎条件としての遊動性であった〉（*4：80）と記されたとき、「抑圧されたものの回帰」がすでに起動し、可能的な弁証法は、文学という定住性の領域にはいかなる残余もなかった。

遊動性とアソシエーション

柄谷行人が二〇〇〇年六月立ち上げた生産協同組合ＮＡＭ（New Associationist Movement）は、資本主義が生み出したインターネットを駆使するかたちで「国家と資本への対抗運動」の活動を追求し、並行的にウェッブ上の取引を制度設計として取り込み、資本に転化しない地域通貨ＬＥＴＳ（Local Exchange Trading System）を流通しようとしたが、ともに二〇〇三年一月に解散した。解散の具体的要因は特定出来ないが、理念としては、「ＮＡＭの原理」に次のように記された「倫理」が挫折したのだと考えられる。

〈資本と賃労働のような「自然史的」な構造は、放っておけば、決して解消されない。われわれの倫理的な介入がなければ、資本制経済は永続するのだ。社会主義は自然史的必然ではなく、倫理的問題なのである。（中略）倫理的であろうとするなら、資本のとめどない蓄積運動を制止しなければならない。ゆえに、われわれの運動は政治的―経済的である。だが、われわれが人類の危機を止めるために何かをするのは、けっして未来の他者のためではなく、われわれ自身の「自由」のためである。その意味で、われわれの運動は根本的に、倫理的である〉（*6: 27）。

三位一体であるが故に強靱である資本＝ネーション＝国家は重層的な「交換」の原理に根差してい

る。それを消滅させるには、啓蒙的な批判によってではなく、とめどない蓄積運動にアソシエーションによる「交換」が取って代わる以外にない。その運動性は、個人において、経済において国家と資本に対抗するがゆえに倫理的である。だから、NAMの「倫理」の挫折とは、NAMが措定した「経済」(フレーム)の挫折に他ならない。それを革命の必敗と言えばロマン主義に収斂してしまう。その挫折の本質を経済的に描き出すとすれば、「交換」に同伴する定住性(蓄積性)をNAMの「遊動性」が撃破出来なかったということになる。柄谷の『世界史の構造』以降の「交換様式論」のフレームワークである四つの形態(A:互酬、B:略取と再分配、C:商品交換、D:X)のDにおける互酬制の高次元における回復が果たされず、NAMの「倫理」は、現在を制覇している資本制の市場原理が抑圧しているものを解消することが出来なかった。

柳田国男が山人について書き始めたのは、農政学者・官僚として一九〇八年五月からの九州四国旅行中に焼畑と狩猟で生活している椎葉村で平地と異なる「土地に対する思想」(共同所有)と生産における「協同自助」を見出して以後であると柄谷は指摘し、〈柳田はその思想を「社会主義」と呼んだ。柳田のいう社会主義は、人々の自治と相互扶助、つまり、「協同自助」にもとづく。それは根本的に遊動性と切り離せないのである。山民が現存するのに対して、山人は見つからない。しかし、山人の「思想」は確実に存在する。山人は幻想ではない。それは「思想」として存在するのだ。(中略)柳田が伝えて平地人を「戦慄」させようとしたのは、怪異譚ではなく、山村に目撃した、別の社会、別の生き方なのだ。平地人にとってはありえないことが、現にあった。怪異というべきは、このことではないか〉（*4: 72）と述べた。

まるで、マルクス＝エンゲルスがコミュニズムを徘徊する妖怪と比喩したように、山民＝「協同自助」の思想＝コミュニズムが複数的なファンタズムとして平地（資本主義、国家）の境界に出現したかのようではないか。その出現は、見つからないものとして「記録」され、実在になる。柳田にとって、見つからない山人が実在であったということは、彼のエクリチュールが山人の「思想」につらぬかれたということと等しい。柄谷のＮＡＭの「倫理」の挫折に連関させてもう少しフォーカスを広げるなら、山人論以降の柳田が山人の「思想」に伏在するものとして追求した常民の「固有信仰」の核心、祖霊と生者との相互信頼は、互酬（定住的な倫理）ではなく〈愛にもとづく関係〉（*4: 138）である。親族組織においては血統よりも「家」の現存を重んじる双系制として現れる「固有信仰」は、定住によって失われた「遊動性」の中心にある愛と不可分である。

農政官僚としての柳田の挫折は、民俗学における彼自身の挫折と繋がっており、それは柄谷におけるＮＡＭの挫折に重なる。その挫折は、未開社会、原初の社会において予め到達されていたコミュニズムが、見つからないもの、もうひとつの世界（社会）、妖怪たち、「現在生活の不如意と不安」に張り合わされた怪異として表象し、「記録」されて実在となるモメンタムに符合した。「最古の形態」につらぬかれた現存を山人の可能性、交換様式Ｄに見出そうとする柄谷／柳田は、歴史というものを弁証法的に展開するものではなく、複数的な空間（局地）において保存されるべきものだと考えた。〈我々が知りたがっている歴史には一回性はない。過去民衆の生活は集合的の現象であり、これを改めるのも群の力によっている。（中略）そうしてたくさんの痕跡《こんせき》を比較して、変遷の道筋を辿《たど》るような方法を設定すべきである〉（*7: 208）と記した柳田は、英雄が時世をつくるという目的形成的な歴史意識は、〈今でも山村に伝わっている松焚《た》きの石皿を見落し、また炉の火だけで顔を見合っていた者の生活を忘れているから〉（*7: 209）必ず蹉跌すると明言した。現実的には、主題形成的、目的志向的な言説は、時世に加担しながら象徴秩序を構成してゆく。国家や資本はそのような運動性によって共同体に対して優勢となる。

それでも、複数的な空間（局地）へと向かった民俗学は、数限りない「記録」のアルシーヴに伏在する「最古の形態」を絶対知への弁証に対置した。五十年以上に亘るフィールドワークで一二〇〇件以上の民家に宿泊して採取を継続した宮本常一の膨大な「記録」には、どんな観念も超越も統覚もない。だが、零度のエクリチュールとも呼びたくなる宮本の「記録」に現れる武士から山中への移動、山と里の往還のシークェンス（*8: 198）、山七合目以上の木は自由に伐ってよいという了解と木地屋の生活の姿には、例えば〈山中に住む者は稲作技術を持たないままに弥生式文化時代にも狩猟を主としつつ、山中または台地の上に生活しつづけて来たと見られるのではないかと思う〉（*8: 225）という最小限の想念を含め、極めて純度の高い経済合理性が果たされていると言わねばならない。逆に言えば、すべては経済＝下部構造へと切詰まっており、政治的な包括に向かう抽象性（観念）の留保はゼロである。「最古の形態」を淡々とした無傷の合理性として復元する柳田や宮本の言葉は、柄谷行人によって、ノスタルジーの彼岸、すなわち「自由」の契機をめぐるアソシエーショニズムの主戦場の前線へと召喚された。遊動する山人、遊動する柳田国男や宮本常一は、遊動する柄谷行人の遍在する局地における鏡に他ならないから。

＊

1 柳田国男『山人論集成』柳田国男コレクション、大塚英志編、角川ソフィア文庫、二〇一三年二月
2 柳田国男『山の人生』角川ソフィア文庫、二〇一三年一月
3 赤坂憲雄『柳田国男を読む』ちくま学芸文庫、二〇一三年七月
4 柄谷行人『遊動論　柳田国男と山人』文春新書、二〇一四年一月
5 柳田国男『妖怪談義』講談社学術文庫、一九七七年四月
6 柄谷行人編著『原理』太田出版、二〇〇〇年一一月
7 柳田国男『「小さきもの」の思想』柄谷行人編、文春文藝ライブラリー、二〇一四年二月
8 宮本常一『山に生きる人びと』河出文庫、二〇一一年一一月

第4章

「無方法」の「方法的制覇」

「柳田国男試論」における「転倒」

柄谷行人は『遊動論』の「あとがき」で、柳田国男について考え、書き直す最大のきっかけは、四十年前の「柳田国男論」を書いたまま放置したことにあると述べている。一方、同じ「あとがき」の末尾では『遊動論』の草稿段階のセンチメントとして、「柳田国男論」を四十年前のままで刊行することを決意した、と記される。つまり、その決意の審級において、柳田論を完遂する意志に符合するように『遊動論』はすでに書き上げられていた。

どういうことか。論理や時間軸の順序構造を超えるかたちで、柄谷行人のコンシステンシーにおいて「柳田国男論」は四十年前にテクスチュアリティが完遂されていたということである。その四十年後に、『遊動論』のエクリチュールが自らの「柳田国男論」の反復（「自己差異的な差異」の実践）であること、反復的実践の宿命が「歴史的定点」を仮装して、『遊動論』へと自らを追い撃った。かくして、四十年前の「柳田国男論」とゼロ年前の『遊動論』はほぼ同時に刊行された。詳細にこだわるなら、二〇一三年一〇月刊行の「柳田国男論」と二〇一四年一月刊行の『遊動論』の僅かな時間差に、『遊動論』というテクストの反復のモメンタムが出尽くしている。『遊動論』によって自らの「柳田国男論」が見出された。その回帰性の確信的な実践に他ならない。

「柳田国男論」の主軸をなす「柳田国男試論」は一九七四年に「月刊エコノミスト」に連載された。柄谷は、同時並行的に「群像」に「マルクスその可能性の中心」を連載していた。だが、二つの言説に重複や類似的な記述は見当たらない。柄谷も、その後柳田に言及したのは一九七八年に連載された『日本近代文学の起源』であると記憶を遡っている。また、柳田について改めて考えるようになったのは『世界史の構造』の出版（二〇一〇年）以降であるとも述べている。モチーフの連続性としては、文学（批評）からの離脱のポテンツとしての「柳田国男論」が、やがて、遊動性（いわば、交換という行為の超越、交換様式Dの契機）を描くテクストにおいて団円を形成したということになる。

「柳田国男試論」は「思考と抽象」、「方法的意志」、「言葉・経験・記憶」（その一、その二、その三）、「文学と民俗学」（その一、その二、その三）、「ものと観念」、「文体と個人」（その一、その二）と題された十一の章から成り立っている。柳田民俗学を丹念に批評するのではなく、柳田における方法、観念、文学との交差を還元的に抽象するアプローチが採られていることは明らかである。〈知るということは、すでに知っていることを発見するということである。いいかえれば、現にすでにやっていることを知ることだ。そうでない知識などはなにものでもない〉（*1: 49）、〈われわれは現にやっている行為の本当の原因を知らないで、結果を原因と錯覚している。あとからそれにつけ加えた合理的解釈（イデオロギー）によって、理解したつもりでいるだけだ〉（*1: 68）、〈異質の文化圏の〝内側〟に入るということには、つねに同じような過程があるといわねばならない。文化を真に外側から比較しうるには、内側まで入りこまなくてはならないのだ〉（*1: 107）という柄谷の「転倒」＝アクロバシーは、次のように列挙してみると、柳田の叙述の「方法」の「形式性」に接続されようとする「さわり」が見えてくる。

〈柳田は名文家でもなんでもないので、彼はただ正確に明瞭に書こうと努めただけであり、疑いようのないことを書こうとしただけである〉(*1: 52)。

〈柳田はほとんど答えを与えない。そこに、彼の「問う」ということの独特の意味がある〉(*1: 60)。

〈柳田が「直覚」の豊かな人であったことはいうまでもない。だが、重要なのは彼がそういうものに基礎をおくことを意志的に否定したことである。彼はいわば天才を否定した。正確さとはむしろ凡庸なものだ。なぜならどんな人にも通じるものだからである。しかし、この正確さと普遍性に足場をすえようとした彼の意志は、まさに非凡のものといわねばならない。柳田以外に、これほどの凡庸な道に徹しきった学者は日本にいない。いいかえれば、柳田という人物が傑出した知性といえるのは、彼がなした業績によるよりも、その方法的懐疑の徹底性によってである〉(*1: 80)。

〈つまり、柳田にとって、〝歴史〟とは想い出すものであり、まなぶものではない。そして、想い出される過去は、過ぎ去ったものであると同時に現存するものでもある〉(*1: 126)。

繰り返すが、柳田国男の言説は、ひたすら事実性の記録であることを志向した。柳田は丸山眞男の『超国家主義の論理』について「証拠がないな」といって一蹴したらしい(*1: 85)が、「証拠」という素朴な言葉は既知の規範・体系に依存しない事実性のことに他ならず、記録されるべき事実性であり、柳田にとって世界を明証するのは事実性以外になかったのである。同じように、柳田の比喩や抽象を押し殺した淡々とした文体は、その意味、伝承行為（想い出すこと）の本質に接近しようとするエチカの実践に他ならない。これは、柄谷が「柳田国男試論」と同時並行的に書いていた「マルクスその可能性の中心」における〈いったい私たちはなぜ「書く」のか。「話す」ことによっては、もはやいい足りぬ何かをもつからだ。それこそ、ひとが「内面」と呼ぶものである。このような「内面」を、文字をもたぬ子供はもたない。「内面」そのものが、文字の結果なのだ〉（*2:44）という「転倒」の表現とは対極にあるように見える。しかし、「凡庸」をめぐる「方法的懐疑」と普遍性が明示しうる世界と、世界の風景の凡庸を振り切ろうとする「転倒」によってしか世界に届きえないという柄谷の方法認識は、因果律や世界風景の図と地の「転倒」が、実はもうひとつの転倒を孕んでいるという「転倒」そのものの自己反復性において交差するのである。いいかえると、「転倒」はもうひとつの「転倒」によって自らをオフセットして凡庸な固有性の中心に回帰する。

　さらにいえば、凡庸な固有性への回帰の衝動が「転倒」を召喚した。〈柳田は何ひとつ積極的な「思想」を語らなかった。現存する「言」の綿密な比較考証を通して、「事」と「心」に深くわけいっただけである。だが、それこそ彼の思想にほかならない〉（*1:265）という「思想」は累乗された「転倒」によって「発見」されたのである。思想を企図しないが、「言」（より現実的には話し言葉）によって科学的に分け入られた事実性・固有性は〈それがそれ以外ではありえないということの意味を問う〉（*1:117）。しかし、その唯一性《出来事》に降りてゆくという行為が蓄積されることによって、唯一性に張り合わされた歴史性（時間的な固有性）は、地勢とのマトリックスのなかで解《ほど》かれていった。遠野の山里の世界性は、その唯一性によって定立されたのではない。

〈柳田は日本を徹底的に相対化しており、かつその上で日本（民俗学）を普遍的な存在たらしめようとしたからである。柳田が、したがって日本民俗学がナショナリズムと類似した面をもちながら、戦前どんなモダニストよりもそれと対立し批判的でありえたのは、そういう相対性の認識によるといってよい〉（*1:96）と柄谷が述べる「相対性の認識」には世界性（普遍理念）が伏在するのである。柳田の「一国民俗学」の主張は、ナショナリズムというイデオロギー的な評価を招いたが、「相対性の認識」は柳田の実践理性の帰結であり、国家の唯一性（絶対性）に足場を置くナショナリズムとはむしろ逆の発想からやってきた。

「共同」・「幻想」への異議をめぐって

さて、「柳田国男試論」のなかで柄谷行人は吉本隆明に二度、異議を呈している。吉本の〈柳田國男の方法を、どこまでたどっても「抽象」というものの本質的な意味は、けっして生まれてこない。（中略）何よりも抽象力を駆使するということは知識にとって最後の課題であり、それは現在の問題にぞくしている。柳田國男の膨大な蒐集と実証的な探索に、もし知識が耐ええないならば、わたしたちの大衆は、いつまでも土俗から歴史の方に奪回することはできない〉（*1:61）という「無方法の方法」（一九六三年、定本「柳田國男集」月報掲載）と題した文章の一節に対して、柄谷は、〈柳田における「抽象」とは、世界および自己を体系的に把握するということではなく、あるいはその結論を提示するということではない。彼はただ人々に問いを起こさせる、そのことを重視したのであって、彼はいわばプラトン（プラトニスト）のようにではなく、ソクラテスのように語ったのであり、理論的であるよりは実践的な思想家だったのである〉（*1：61）、〈柳田がいっているのは、判断というものは各人のものだということだ。（中略）だが、この啓蒙家は答えを教えこむ類の人ではない〉（*1：62）、〈柳田学を体系化しようとすることは〝抽象〟の本質とは無縁である。むしろ柳田は、その種の抽象が自己完結したとたんに、いつも別の相貌を以てあらわれる。私は何を知っているか、という永遠的な問いかけがそこにあらわれるのである〉（*1：63）とファクトを集めて反発し、柳田におけるスピノザを想起させるような「知る」ことをめぐる内省のラディカリズムを強調している。

「土俗から歴史」への奪回というヘーゲル的な課題に、不可知に向かうスピノザの「内省」が対置される。「方法」とは抽象でも体系でもなく、日常的な自明性への問いの持続に他ならない。〈方法ということの真の意味、たんに知るだけではなく方法的に知らないならば無知にすぎないということを、柳田ほどに徹底した人を、後にも先にも私は知らないのである〉（*1：79）と柄谷は言い切る。吉本へのプラグマティックな反発がそのまま観念論批判になっている。この観念論批判は、「共同幻想」に、ひとが存在している構造、すなわち「共同の事実」、あるいは、語られる「まぼろし」（夢）として現れる「共同の幻覚」を対置するかたちへ接続する。

吉本隆明への異議が直接に表明されているわけではないが、デカルトのコギトが内包する主客の定立が孕む「夢」の相貌に触れながら、柄谷は次のように述べた。

〈柳田はたとえばこれを「共同幻想」として批判しなかった。なぜなら、それは未開的思惟でもなければ、illusionでもなく、一種の基礎的存在論にほかならなかったからだ。柳田の考えでは、そういう〝存在〟(言葉＝もの)をうしなったとき、観念があらわれる。たとえば家が異なる家族の寄合所帯でしかなくなったとき、その共同性はひとを拘束する観念となる。(中略)現実の惨劇はそこに生じ、家や共同体との格闘が文学者・思想家の主題となる〉(*1: 205)。

柳田は、言葉において存在が自失され、観念(葛藤)が出現する臨界で、言葉の存在性、存在が言葉(語り、伝承)であるという場所に踏みとどまった。その存在性をコギトへと遠心する「問い」の連鎖として柳田民俗学の文体は、事実性の「記録」であることをつらぬいたということができる。共同体との格闘は、ミクロ(文学)的には石もて郷土から追われる自我の活劇を織りなし、マクロ(思想)的には、天皇制(国家)を「幻想」として相対化する契機となった。もの言わぬ存在の言葉としての柳田民俗学は、それらの豊穣な素材に違いなかった。柳田を材料とする言説は、「共同の事実」を「共同幻想」として抽象するひとときの「事実」の消失と飛躍に限りなく躓かねばならない。

「共同幻想」をめぐる柄谷の言説に伏在した吉本批判は、『遊動論』では、吉本の『共同幻想論』を、いわゆる「五五年体制」以降の時勢に準じて下部構造（生活）を上部構造（観念）においてエポケーした（文学へと追い込んだ）と解釈するかたちで顕在化する。

〈もともと、戦後のマルクス主義者はファシズムに敗れた反省から、観念的上部構造を重視するようになった。ドイツでは、ナチズムに負けた経験から、フランクフルト学派はフロイトを導入した。戦後日本でも、〝天皇制ファシズム〟の問題を解くために、政治学や社会学が導入された。それは丸山真男に代表される。吉本隆明の『共同幻想論』は、それらの延長線上にある。彼がいう幻想領域とは、観念的上部構造のことである。吉本のような見方は、経済成長とともに、経済的下部構造の重石《おもし》から解放されたことによってもたらされたといってよい〉（*3: 31）と述べた柄谷は、「共同幻想」を安保闘争など「国家」権力への理念的な「敗北」を契機とした思想形成としてではなく、日本的近代（山里的な貧困）からの解放を表徴したジャルゴンの系譜において捉えている。

さらに、ほんとうは人類史考察の材料としてはふさわしくない『遠野物語』が「共同幻想」を例証するものとして選択された恣意性の背後にサブカルチャーへの親近が見出され、〈六〇年代に高度経済成長とともに始まった状況は、一九七〇年代から八〇年代にかけて、一層進展した。大衆社会の現象はさらに強まった。それまで吉本隆明が依拠してきた「大衆の原像」は、もはや見いだせなくなった。吉本自身がそのような現実に対応した。つまり、それを「マス・イメージ」（マスメディアが与えるイメージ）に求めたのである（『マス・イメージ論』）。それは、彼が『遠野物語』に与えた解釈を現代化するものである。現在の社会的現実を、マスメディアの下にある大衆の紡ぐ共同幻想として見ることだから〉（*3: 33）と概括される。ひたすら事実性（凡庸な固有性）の叙述であることにおいて存在の非意味性を踏み堪えた柳田の言説が、上部構造の極致（国家）を思想的に描出するための恣意的な素材となったことが、豊かな社会の「マス・イメージ」（頽落した「大衆の原像」）とのコンテクストにおいて、「常民」と「漂泊民」をともに孤立させるという逆説を伏在することが鋭角的に指摘された。

吉本隆明「柳田国男論」の暗喩的モダニティ

吉本隆明の「柳田国男論」は一九八四年から八七年にかけて雑誌掲載され、その後すぐに上梓された。『共同幻想論』の刊行が一九六八年であること、日本の宗教論や記紀歌謡などの古典論が吉本の真骨頂であることからすれば、柳田論は意外なほどに遅い集成となったと言わねばならない。しかも、柳田論の公表は『マス・イメージ論』の刊行（一九八四年）と相前後して開始されたのである。吉本のサポーターたちの大凡は『マス・イメージ論』に対して『共同幻想論』のアクチュアルな変奏だという快哉を送ったはずだ。しかし、柄谷行人は、『批評とポスト・モダン』で、例えば「詩語論」において「詩法」で無理に現実を引っ掻く所作へ吉本が抱いた空虚感に共感した記憶を辿りつつ、〈吉本氏はこの「空虚さ」を再び「了解」しようとすることで、《モダン》を保持しつづけた〉（*4: 65）、〈吉本氏の本当の敵は、氏が相対的に支持するふりをする《ポスト・モダン》にほかならない〉

（*4: 66）と述べて、そこに潜在する「体系」（超越性）の無作為な強制あるいは救出に抵抗した。もう詩によって引っ掻けない現実の引っ掛けなさ、詩的現実と全現実との乖離に対する一九七八年刊行の『戦後詩史論』における吉本の怜悧な面差しは、『マス・イメージ論』での《ポスト・モダン》受容の文脈では消え去っている。その背後に認識される「体系」（弁証法）の抑圧に柄谷は苛立ったということが出来る。

この「柳田国男論」において吉本は、滞留された課題が「戦後」の臨界で賦活する輻輳的な局面で、柄谷の批判を含むポスト・モダンの境位を繰り込み包括したと思われる。おそらく、当時は未刊行だった柄谷の「柳田国男試論」も参照されている。密度と粘度の高い展開において、吉本の「柳田国男論」は「文体」と「自然」にフォーカスするかたちで、柳田の「無方法の方法」を「方法的制覇」へと言い換えようとした。その言い換えのための統辞、柳田の「無方法」が「方法」の極致として表象される姿を描く吉本の文体そのものが対象に同致しようとしていた。

〈柳田国男がここでわたし（たち）をひきこんでゆくわが村里の婚姻風習の世界は、いわば内視鏡に映っている世界だ。書きしるしていく柳田国男の文体も、それを読んでひきこまれてゆくわたし（たち）の方も、ほら、あらたまって言わんでもわかるだろうといった内証ごとの世界にはいった感じで、〈読むもの〉と〈読まれるもの〉の関係にはいっている。いわばかれの方法も文体も読者の無意識が、村里の内側にいる感じをもつことをあてにし、それを前提に成り立っている。その魅力（魔力〉にひきこまれてゆくかぎり、読む者はまちがいなく、日本の村里の習俗の内側にいるという無意識をかきたてられる。それがわたし(たち)に既視現象みたいな感じをあたえる理由だとおもえる〉(*5:13)

「内視鏡」に映るものと「外視鏡」の像との〈空隙〉や〈亀裂〉の既視空間に論理を与える「方法」、習俗のなかに停滞し融け去った時間を共時性(空間性)=〈いまこのとき〉を呼び戻す契機として筋肉や神経を「体液がぬってゆくような文体」、〈流れる〉文体が選択された。〈任意の場所から、いつでも思い立ったときにとびだして、触れるべき事柄にはかならずふれながら、停滞することなく〈流れ〉さるための文体〉(*5:219)によって微細さと平叙性が同時に成し遂げられようとした。〈かれが像《イメージ》としてもっていた〈安穏〉さにかなう村里の景観や習俗のうえに、まるで微細に噴霧して、すこしずつまき散らすように、じぶんの体液の言葉をわけあたえていった〉(*5:36)。想像と経験とがもつれ合って、事実性が織り上げられる。〈わたしたちが居ながらにして二、三千年ほどまえ、黙々として島々を渡ってゆく短軀の〈稲の人〉の姿を眼前にできる気がするのは、かれの内在化と線型化の力能が、ほとんど経験という概念に拮抗し、それを無化する力をもっていたからだ〉(*5:63)。

ここで、もういちど、柳田国男の言説はひたすら事実性の記録であることを志向した、と言ってみる。そう言ってみると「事実性」という言葉の響きに異和感が纏いつき始めている。「事実性」は言葉に先行して存在したのではなく、柳田の「文体」によって方法的に呼び出された。「体液がぬってゆくような文体」によって「内証ごとの世界」のようになまなましく構成される事実性は柳田の「方法」が言葉によって呼び寄せたものである。これは、〈彼はただ正確に明瞭に書こうと努めただけであり、疑いようのないことを書こうとしただけである〉と柄谷が描く柳田の「方法」に符合する現実の疑いようのない直接性とはあきらかに背反する。暗喩に暗喩を重ねて〈いわばいつも他界を、あるいは輪廻の生命を目指そうとしている〉(*5:73)事実性は、〈それがそれ以外ではありえない〉現実ではなく、メタ現実と言いうるものであり、その位相で経験という概念から逸脱する。

吉本隆明の「柳田国男論」における世界(現実)認識は、柄谷の「転倒」に波状的な「暗喩」を対置した。引っ掻けない現実の引っ掻けなさは、現実そのものの直接性の後退ではなく、現実と言葉との関係からやってきた。〈想像的なだけでもだめだ、また経験的なだけでもだめだ。想像と経験のあいだには、文字像というべきもののテニヲハをぬいた配列があり、それが柳田の内視鏡を充足させている〉(*5:58)。吉本において骨肉化された《ポスト・モダン》が行使されていると言わねばならない。〈読むもの〉と〈読まれるもの〉の関係、線形的なもつれ合いなどにソシュールやドゥルーズの影を感知することは容易だが、それだけではない。現実をメタ現実の無限の信憑のもとに他界へ保存するという柳田国男の「方法」は、《ポスト・モダン》に身を挺したかたちで見出されたのである。〈問題は解決されるのではなく、たんに消去される。形而上学との永久革命的(ユダヤ教的)な格闘という〝解決不可能な問題〟なるものは、実もふたもない実際の事態を隠し、「にせの問題」をひきのばしつづけることにしかならないのではないか〉（*4: 67）と「自問」の憂鬱を述べる柄谷行人は、吉本隆明の「モダニティの骨格」と「経験としての思想」への信頼を語るが、吉本じしんは「マス・イメージ」を抜けた世界認識の（ポスト）モダニティの実践において「柳田国男論」へと自らを脱構築していたのである。

三浦佑之は、一九六三年の時点で柳田国男について「無方法の方法」と批判的に形容した問いかけの沈殿が二十年後に「柳田国男論」において「文体」をめぐる応答として現れたコンテクストをめぐって、〈吉本は、柳田の文体に「すでにあらかじめ把握されたひとつの外部からの世界像があり、それを文体に潜在させ」ていることを感じとってゆく〉、〈吉本が柳田のなかに見出した視線は、吉本自身の現在の問題意識から生じたかれ自身の視線と重なっている〉（*6）と述べた。ひとつは、「無方法」を「方法的制覇」に読み換えるということであり、もうひとつは、その読み換えの契機において、自らの「方法」を柳田国男の「方法」に投影し、同致させたということである。そのようにアプローチしなければ、「国家」や「自然」という永久革命的な課題は消去されるか隠蔽されてしまう。かつて、引っ搔きうる対象性として在った現実を「文体」によって把持するということは、現実をメタ現実として「文体」によって召喚し「他界」を目指すという暗喩的転倒を導入することに他ならなかった。

「自然」というアンチノミー

このように、柄谷行人の「柳田国男試論」、「遊動論」と吉本隆明の「柳田国男論」では、事実性（現実）認識の位相がまったく異なっている。しかし、「無方法の方法」に異議を呈し、「共同幻想論」から「マス・イメージ論」への去就を批判した柄谷が、吉本の「柳田国男論」に対して批判的に言及した痕跡は、知る限り見当たらない。「それがそれ以外にありえない」現実の直接性と「体液がぬってゆくような文体」によって暗喩的に刻印されるメタ現実との差異が、差異のまま相互の闖入を抱懐しうるような理念の場所があると推量しなければならない。その場所とは、二人の柳田論において不可避の標的となった「国家」であり、「自然」であると考えられる。友敵の根拠は、宿命のように抱かれた対象性が超越的に友敵という関係に循環する局面に生成する。

柄谷行人は、柳田論の「方法的意志」の章で次のように記している。

〈柳田は日本の現実をいわば一つの「自然」としてみていた。この「自然」は斬っても叩いてもどうにもならない。ただそれを「知る」ことによってしかコントロールしえないのである。まずわれわれはそれに対して従順でなければならず、いかなる規範や体系もおしつけてはならない。そういうおしつけによって得た「知識」は、真に「力」とはなりえないので、ただ人間を説得し精神をそこに閉じこめることしかできないのである〉（*1: 86）。

どうにもならない「自然」を「知る」こと、「それがそれ以外ではありえない」固有性を統覚することが、科学的であろうとする柳田のモチーフと均衡した。「自然」の固有性は「人間の作るもの」を介して「風景」となる。「知る」とは服従の条理を内包する。だが、服従は「作る」（耕す）ことを介して、どうにもならないが固有である「風景」へと参入する。そのとき、「自然」は〈概念でも事物自体でもなく、それらの起源にある一つの分かちがたい〃経験〃から浮かび上がってくる〉（*1: 104）「言葉」として析出される。深層にある〃内の感覚〃、土壌にまで降りたところに在る言葉である。

〈要するに、柳田は自然環境を、累積的な文化として、すなわち歴史として見出している。風景を文化としてみることは、いいかえれば文化を風景としてみることでもある。つまり、柳田はcultureを、「作るもの」として、いわば動詞形（cultivate = 耕す）としてみている〉（*1: 231）。

一方、吉本隆明は過剰な「旅人」であった菅江真澄の「歩行する文体」の水平性を垂直性に引き直すようにして〈自然はどこからきたのか。自然のつきない源泉はどこにあるのか。柳田の認識によればそれは「山」であり、平地が変貌してゆくたびに、また新たに自然を供給するものだった。「旅人」は「山」を見つづけているものでなくてはならない。柳田の「旅人」は平地や海岸を歩いているときでも、同時に「山」から俯瞰する視線を行使するものだった〉（*5: 208）と語った。続けて、「自然」は、〈平地の村里を通過してゆく「旅人」にとっては、この「山」から俯瞰する視線は、その視線のなかに通過しつつあるじぶんの姿をも包括する〉（*5: 208）と描かれた。やがて提起される「世界視線」というジャルゴンの兆しがあり、尽きない「自然の源泉」としての「山」の実在が原理的に賦活されている。

停滞と平穏が交錯する自然の叡智のように通過される「山」、山村、山里の記録から法制局の参事官として柳田が遭遇した〈いわば〈死に至る犯罪〉の事件が、いずれも自然の風光のなかでの惨劇だということだ。人間と人間のあいだの濃密な親和力がこじれて惨劇となった巷のなかの犯罪ではなく、自然の風光のなかで、自然の〈眼〉があるとすれば、どれもこれも等しなみに人間という類にしか視えないのに、その人物の心のなかには、異様な惨劇や悲劇や、葛藤が準備されていて、美しいさり気ない風光のなかで、やがて追いつめられて犯行が演じられる〉（*5: 102）と記すのは、柳田に憑依した吉本隆明である。いいかえると、柳田国男の「世界視線」（俯瞰するゼロ度の描線）に吉本が憑りつこうとした。

「世界視線」（俯瞰するゼロ度の描線）は、ここでは、ランドサットのはるかな高度から見下ろす視線のことではなく、「自然の源泉」に無意識のうちに加担している山里に生成する共同的な眼、耕されるもの、作られるものが、「それらの起源にある一つの分かちがたい〝経験〟」が、人間の本質の力が自然の本質に挿入され不可避の「風景」となるひととき、見るものと見られるものとが交叉的に同一化するということである。そのとき、〈斬っても叩いてもどうにもならない〉「自然」は、山里の人間を服従からもホモ・ファーベル（耕す人）からも解放して、無垢な線分、偶発的な「短軀の人」、生きもの、生物生理として大地に立たせる。人間的には〈異様な惨劇や悲劇〉と叙述されるしかない「出来事」は、「自然の風光」のコントラストのなかで起こったのではなく、実は、「自然の風光」によってそれらの「出来事」が悲劇でも惨劇でもない「歩行する文体」のゆくりのない描線として「風景」のどこかに配分されたのである。

その「自然」から「風景」へと流れる描線において、人間は、アレクサンドル・コジェーヴが〈**同一性**や**即自存在**が**人間**において広義の**動物性**として、すなわち人間における所与のものや生得のものや受け継いだものすべてとして「顕在化」するならば、そして**否定性**や**対自存在**が**闘争**と**労働**という否定する**行動**として実現される人間的な**自由**として**世界**のうちに「現われる」ならば、**総体性**や**即自かつ対自的存在**は人間の「現象的」次元において**歴史性**として「開示」される〉(*7: 315)とヘーゲル読解から紡ぎあげた「動物性」にひととき誘惑され、やがて踵を返すはずである。無垢な描線として「風景」に配分されることは、悲劇も惨劇も呑みこんだ「短軀の人」が表象する「動物性」に限りなく接近する。だが、柄谷も、吉本も、柳田国男を媒介とするならば、「動物性」、生きもの、生物生理こそが「自然の源泉」であることにおいて「歴史性」の起源であることに同意するに違いない。「山」という場所、俯瞰と既視感とが輻輳する臨界では、ヘーゲルのような視線の一方通行路においては描きえない「転倒」、「動物性」が見るもの語るものとして出現する「転倒」が、寓意のように、柳田国男の壮大なアルシーヴを召喚した。

つまり、語るものと語られるものとの〈亀裂〉を描く「動物性」によって歴史性が呼応されたのである。ヘーゲル的な自然観、それによって反証される汎神的な歴史性への確信は、コギト以来の二元論を素朴に問われるかたちになった。その問いを起動した柳田国男に、一九八〇年代、「ヘーゲリアン吉本」の《ポスト・モダン》(モダニティの日本語による自己展開)が乗り移った。吉本のモダニティに信頼を置く柄谷行人が、それ(吉本における柳田、柳田における吉本)を無言でサポートしたのは、それ自体、歴史性を直接性へ循環させようとする柄谷自身のエチカと符合していたからである。

*

1 柄谷行人『柳田国男論』インスクリプト、二〇一三年一〇月
2 柄谷行人『マルクスその可能性の中心』講談社、一九七八年七月
3 柄谷行人『遊動論』文春新書、二〇一四年一月
4 柄谷行人『批評とポスト・モダン』福武書店、一九八五年四月
5 吉本隆明『柳田国男論・丸山真男論』ちくま学芸文庫、二〇〇一年九月
6 三浦佑之「柳田国男論の完成」『国文学』一九八八年三月::ウェブサイトより引用
7 アレクサンドル・コジェーヴ『ヘーゲル読解入門 『精神現象学』を読む』上妻精・今野雅方訳、国文社、一九八七年一〇月

Interlude

第5章

無限性と有限性との闘いにおいては、自然もリスクも支援されてはならない

プラトニズムとしてのリスク

一八四八年に公刊されたあるテクストの冒頭に準えるなら、いま、ヨーロッパ諸国やアメリカをはじめとする世界のヘゲモニーを維持しようと喘いでいる国々には妖怪が徘徊している。それはリスクという妖怪である。すなわち、ヨーロッパやアメリカは「リスク社会」という状態にあり、それは三十数年のうちに一気に現れ、これまでになかった新たな認識の地平が形成されている。

むろん、人類が生まれてから「危険」とよびうる現象はさまざまな場所で恒常的に存在した。現実的に、主に局地における天変地異や殺傷や暴力が、それぞれの局地において、人々や共同体の財や環境を威嚇し損傷した。あるいは、日々の生活の時空においても、交通事故をはじめとする多様なクラッシュは「危険」と呼びうるし、この国では路上などで無差別な殺傷事件が散発している訳で、子どもの養育の過程では、家族は絶えず不如意な事故に用心し、防備を敷かねばならない。一方、危険を犯すこと（冒険）を摂理のように受容し誘惑する公共的な情動もまた確かに存在していた。

「危険」と呼ばれる事象と「リスク」とは、どう違うのか。〈自然と伝統という、あらかじめ所与として存在していた安全が失われたリスク社会においては、不安というものが、共同体の新しくて壊れやすい紐帯となります〉（*1：15）と述べたウルリッヒ・ベックは、〈リスクの概念は、近代の概念です。それは、決定というものを前提とし、文明社会における決定の予見できない結果を、予見可能、制御可能なものにするよう試みることなのです〉（*1：27）と続け、「世界リスク社会」における「リスク」

の次元を、生態系の危機、世界的な金融危機、同時多発テロ以降のグローバルなテロネットワークによるテロの危険性に分類している。

リスクは、伝統的な出来事の一回性それ自体としては存在しない。リスクは意識され分節されることによって、政治と経済に加担し、因果律のポテンツが拡大するグローバル社会のなかで、戦略的に露出され、隠蔽され、分析・解釈される。伝統的な危険の一義性に対して、リスクはメタ・危険、つまり、危険と感受されるオブジェクトそのものではなく、意味性の暗喩的なコンテクストを生成し、リスクを「世界リスク社会」という系列《セリー》に置き換える函数なのである。

だが、生態系の危機、金融危機、テロが日常のメディアのヘッドラインや主要なカバー・ストーリー（一面記事）を占め、そこに相応の現実性がバランスしている現実は否定出来ない。そのことを踏まえて、ベックは、〈一方では、言葉の沈黙を打ち破り、自分の生活連関におけるグローバル性を、痛みを伴って意識させ、他方では、新たな対立の方向を示し、同盟を生み出すということが、世界リスク社会における自己再帰性なのです〉（*1: 34）、〈世界リスク社会における現実（例えば公共性において、また危険を報道するマスメディアにおいて）が、どのように構築されるのかということだけではなく、現実それ自体が制度的な決定や行為や労働の連関における言説的な政治や連合によって、どのように（再）生産されるのかということが問題となるのです〉（*1: 95）と述べ、多様な危険についてコミュニケートすることによって「主体」を相互確認してきた国民国家の近代性の効用を肯定しながら、それが世界リスク社会として表象される再帰性を「サブ政治」（下からの社会形成）という実践に託そうとした。世界リスク社会は、例えば、自然破壊という近代社会が作り出した不安定性に取り組み、それが修復されるバランスを超える臨界を標準化しようとする。その自己組織化のプロセスにおいて、「サブ政治」は〈政治的なものの規制と境界をずらし、解放し、網目状に結び付け、ならびに交渉できるものにし、形成可能なものにすることによって、政治を解き放つ〉（*1: 116）。

ウルリッヒ・ベックは「サブ政治」についてエコロジストの政治的ネットワークであるグリンピースの活動を参照し、世界リスク社会のメディア的なシンボリズムに拮抗しうるシンプルな行為のシンボリズムを呼び込むために、伝達可能性、道義的な呼びかけ、政治的な機会、多様な行為の可能性、エコロジカルな行為の免罪を求める。〈グローバルな危険は、産業主義の全時代の過ちが具現化したものであり、抑圧されてきたものの一種の集合的な回帰なのです〉（*1: 134）と述べたベックは、再帰的に形成された「絶対的自我」は、救済、援助、解放という「普遍的なドラマ」を見出すという。

ここで、再帰性（内省）として現れた世界リスク社会は、世界に拡散された人間の行為を原因とする有機的連関の危険への内省を経て、プラトニズムへと回帰するように見える。

つまり、世界リスク社会という再帰性（内省）は人間を救う契機に成り上がる（下がる）のである。抑圧されてきたものは、共同体の互酬ではなく、産業社会（大量生産・大量消費）を永続させるための背理として回帰される。世界リスク社会において近代が賦活される。「自己再帰性」とは自己修復性であり、再帰的近代、産業社会の無限性をリスクからチャンスへの循環として表象する。

そのことを、惜しくも世を去った加藤典洋は的確に批判して、〈未来は、神のものから、人間の手で奪い取られ、市場化されると、大航海時代における空間的な遠隔地よろしく、でも、こちらは見えない形で、時間的な「遠隔地」を提供し、資本主義システムをさらに遠く駆動させていく。では未来の不確定性の「数値化による征服」によって、かつては神のものであったあの不可知なもの、不確定なものは、何に変わるのか。／そう。そこに現れるのが「リスク」なのだ〉（*2: 130）と述べた。かつて、言葉とともに神があり、神が言葉であったように、リスクは神とともにあるものとして、世界の示差の体系の中枢に君臨して、再帰性を演じるとともに、精神が無限であるように過ち無き産業社会の無限性（永続性）を暗黙に承認しようとするのである。

旧約的神々の地上性

世界の危険の直接性を世界リスク社会（メタ・危険）として認識することによって、瀬戸際までエジプト人に追われたイスラエルの子（ヘブライ人）である〈モーセが海の上にその手を伸べると、ヤハウェは夜中激しい東風を吹かせて海を過ぎ行かせ、海を乾いたところとされた。海は二つに分かれたのである。イスラエルの子らは海の真中の乾いた所を歩んだ〉（*3: 44）ように、最大の危機（捕囚）は最大の行幸（自由への道）に置き換えられる。産業社会において、〈「リスク」の本質は、それが、新しい利潤獲得の関係創出の原基となっているということである。空間軸と時間軸の果てにある不確定性に向け、その数値化を通じて、「ここ」・「いま」とのあいだに新たな関係を作りだす。するとその「関係」が「リスク」を生みだし、「チャンス」と「安心」を作りだし、そこに利潤を生み出す磁場が構成され、経済行為を呼び、産業を作りだすこととなる〉(*2: 132)。

世界リスク社会とは、産業社会の「出エジプト」の姿に他ならない。

だが、「ヨブ記」もそうであったように「出エジプト記」では〈全地はわたしのものだ〉(*3: 58)といい、全能であることをひたすら誇示する神ヤハウェは俗を帯び地上的であると言わねばならない。地上的であるということは有限であるということだ。有限である神によってバックアップされた無限性。その無限性の危うさは現代の鏡だということが出来る。生態系の危機、金融危機、テロのリスクは有限なる神(まるで、アメリカ、のような)によってサポートされ、世界リスク社会という体系の無限性のキューポラに逃げ込もうとする。だが、それらは、実は、有限なる神が無限であろうとする欲望する存在の有限性をむき出しにしているのではないだろうか。

「しかし、危険のあるところ、/救うものもまた育つ。」、「……人間はこの大地に詩人的に住む。」(*4: 64)と詠うヘルダーリンの詩句に集約するかたちで、一九五三年のハイデガーが〈すなわち、救うものは、最大の危険であるもののうちに、つまり集-立の支配のうちに、どのようにしてそのもっとも深いところにさえ根をはり、そしてそこから育つのだろうか、ということである。(中略)救うものは技術の本質に根ざし、そこから育つのだから〉(*4: 52)、〈われわれが危険に近づけば近づくほど、それだけ救うものへの道は明るく光りはじめ、それだけいっそうわれわれはよく問うようになる。というのは、問うことは思索の敬虔さ(独語略 ── 引用者)なのだから〉(*4: 66)と記した有限なる実存のうちに救うものが立ち現れるギリシャ的シークェンスは、世界リスク社会における有限性と無限性の審級を無前提に裏返したかたちで「救うもの」を「問うもの」として世界に臨場させる。

〈しかし、後期近代の課題がベックの考えるように「リスク」の克服をめざすことではなく、「リスク」とともに生きることにこそあるのだとしたら、つまり、近代後期を生きるというよりも、脱近代期を生きるというところに主眼があるのだとしたら、もう一度、近代の原点にまで戻り、この有限性のもとで無限性に開かれた自由と欲望の行方に思いをはせてみることが、不可避なのではないだろうか〉(*2: 142)と記して加藤典洋は「無限性へのまなざし」を呼び込もうとした。つまり、ハイデガー的な「問い」を持続しようとした。「問い」が有限性と無限性とが交差するところに生成する限り、「問い」は倫理へと接続出来たはずだが、世界リスク社会は、産業社会の無限性という抑圧されたものを(集合的、ユング的、神話的に)回帰させることによって、グローバリズムの実態を、ハイデガーが「あらゆる本質の不伏蔵性」(*4: 59)を見守ると語ったような倫理を堰き止めて、表象のコンテクスト、シニフィアンとしてのリスクとして意味作用の王位へ召喚しようとした。

リスクのタペストリー

そのようにして、有限なる神（アメリカおよびヘゲモニー的国民国家）を守護するリスクのシンジケートが結成され、「世界」はリスクによって包囲された。リスクは、世界という地平において特定の危険な出来事の属性として分節されるのではなく、リスクという地平において「世界」が分節されるのである。グローバルな危険とは地球規模の脅威の固有性のことではなく、グローバリズムが加速的に織り込む特権的な因果の連関において、世界はリスクの防衛機制のタペストリーとして現れる。

リスクは可能的に世界に遍在する。生態系の危機、金融危機、テロというベックの範囲指定は、世界リスク社会が、ドイツもそのひとつであるヘゲモニーを有する国民国家においてのみ独在しうる範囲指定でもある。ヘゲモニーが揺らぎ、未必の故意の違法性を指弾され、結果的に訴訟やペナルティやリコールなどによって甚大で波及的な経済的ダメージを被ることがリスクなのである。反対に、違法性や訴訟やペナルティという有機的な連関が生じない場所では、リスクは存在しない。その代わりに危険の直接性と本質性とそれを引き受ける冒険への誘惑が張り合わされたようなスペクタクルがリスクの意味作用の「外部」に散在する。

二〇一五年九月、世界最大級の自動車ＯＥＭであるドイツのフォルクスワーゲンが自社製造のディーゼル車にエミッションの検査時だけ排出を落とすソフトウェアを搭載していたことが発覚し、信用失墜による世界販売数の劇的な減少や数兆円規模のリコール負担に直面したことは記憶に新しい。

フォルクスワーゲン自身がダメージを受けるのは当然だが、メディアは、この出来事を機にヨーロッパ車のマジョリティであるディーゼル車から電動車へのシフトが加速し、それにキャッチアップ出来ないフィアットやルノーなどのOEMは致命的なリスクに曝されていると報じた。そのように、ヘゲモニー社会では、リスクは虚を突くように背後から回り込んでくる。責任（法令）関係、経済的関係、競合関係を徘徊し、奇襲を掛ける。冒頭のマルクス＝エンゲルスの諧謔に準じるなら、現代において、リスクはわれわれの実在が「諸関係の総体」であるという呪いをも呼び込むのである。

「諸関係」は果たして「総体」であるのか

「諸関係の総体」であることにおいて、責任は伏在し遍在する。だが、それは、ほんとうにそうなのか。責任について、〈そうではなく、私には、あらゆる他者を、他者におけるすべてを、さらには他者の責任をも引き受ける全面的な責任に対する責任があるからです〉(*5: 125)、〈交換しえない自我である私が私であるのは、ただ自分で責任を負う限りにおいてのみです。私はすべての人にとって代わることができますが、しかし、誰一人として私にとって代わることはできません〉(*5: 129) とヨブのように語るレヴィナスは、通俗的な問いを重ねて凡庸に言い募るこの世の神々を蹴散らして見せるかのように潔い。この世のリスク・マネージメントやリスク・コントロールと呼ばれるものが凡て、責任をめぐって、社会の複雑に代理し合う関係の網目を前提にして、それを回避するか他の誰かに押し付ける他責性の習性を帯びているのに対して、レヴィナスは、世界の責任を神に対面することにより単独的に担おうとする。

どういうことか。「私」は「交換しえない自我」であり、誰かによる代行が不可能である存在として世界の責任を担う。世界における代理連関的な関係性を拒絶すること、それによってのみ「私」は「私」に到達しえる。

「私たちはみな、すべての人に対して、あらゆる面ですべてのものごとに対して罪を負っているのですが、なかでもいちばん罪深いのはこの私です」(*5: 125、130) というドストエフスキーの言葉(『カラマーゾフの兄弟』におけるゾシマ長老の兄マルケルの末期の言葉) に託して、レヴィナスが新約的な「原罪」=「諸関係の総体」である「私」の宿運に旧約的 (ヨブ的、モーセ的) な単独性を対置して〈真の合一、真の一体化とは、総合による一体化ではなく、対面による一体化なのです〉(*5: 97) と明言するとき、ひとがヴィサージュ (顔) によって対面する神は、無頼な他者がひとに猛威を振るうという地上の惨状のなかで新約がピュリティを神の子に一方的に託したのとは逆に、ひとの側にピュリティの不可能性という傷=倫理を生成したのではないかという問いが呼び込まれる。

倫理的であるということは、ひとが単独的に神に成り代わること (世界の責任を背負うこと) と等しい。これは、ウルリッヒ・ベックの世界リスク社会の理念とは逆立した世界像だと言わねばならない。グローバリズムが世界リスク社会に遍在する原罪の器であるとは限らない。グローバリズムは、それ自体がひとつのアンチノミーとして、単独性を研ぎ澄ます契機として立ち上がりうる。

　つまり、旧約において神が自らが神であることを誇示したとき、ヤハウェの聖性が消失し、人間は倫理を自力で背負うべき単独性を引き受けたという「原父殺し」をめぐるメタフィジカルな抑圧が、新約的な原罪のファンタズムの果てで、再び見出された、すなわち、回帰した。「信」というバラストが裂開されて倫理が現れたということだ。

　単独性―普遍性という対が個別性―一般性という対と区別されることが単独性をめぐる定義に不可欠であるという柄谷行人は、〈たとえば、ヘーゲルにとって、個別性が普遍性（＝一般性）とつながるのは、特殊性（民族国家）においてであるのに対して、カントにとって、そのような媒介性は存在しない。それはたえざる道徳的な決断（反復）である。そして、そのような個人のあり方は単独者である。そして、単独者のみが普遍的でありうる〉（*6: 150）と述べ、ヘーゲル的（本質的にはロマン派的）な一般性のファンタズムが単独性からの超越論的批判によって明るみに出ると言う。カントの「世界市民社会」はファンタズムではない。それは、単独者による闘争（＝啓蒙）（*6: 153）の現存の場所に他ならない。単独者は道徳（倫理）において地上の神を担うのである。

三・一一における「自然史的な過程」

　二〇一一年三月十一日の震災と原発事故について、加藤典洋は、世界リスク社会のシニフィアンの体系ではカバーしえない、つまり、そのリスクの経済的ダメージは、どんなリスク管理の手法もスケールもおよび得ないと考えた。経済的なダメージだけではなく、放射性物質の半減期を考慮した修復のコストを考慮するなら、そのリスクは東京電力という一企業で補償しうる規模や時間軸をはるかに超えている。近代産業システムはウルリッヒ・ベックが世界リスク社会という体系において最終的に確保しようとした無限性が不可能であるという事態に遭遇した。

地球や世界が有限性に直面するという新しい体験においては、無限の成長が内在的に壊れ、「できること」というザインもゾレンも「できないこと」とコンティンジェント（偶有的）に交換可能となる。吉本隆明がフロイトの「エロスとタナトス」の対位を敷衍展開した「原生的疎外」（生命体と意識の異和の構造）とアガンベンが『ホモ・サケル』でアウシュビッツ以降の人間の可能性としての「しないことができる力」（非の潜勢力）を繰り込むかたちで、加藤は〈「できない」こと（ゾーエー）と「できる」こと（ビオス）が「することもしないこともできる」コンティンジェントな力能によってひとつながりの長屋的構造のなかに収められることになる。そこで「できること」と「できないこと」とは応答を行う。会話をかわす。フィードバックしあうのではないだろうか〉（*2: 402）と有限性、欲望の彼岸におけるもうひとつの新たな関係の審級を提示した。

吉本隆明は三・一一の震災から大凡一か月を経たインタビューで〈今度、一番感じたのが、現場感覚が隔離されているということでした。福島であんなにひでえ目に遭っているのに、ここにリアルに届いてこないっていうのが不思議でしょうがない。肝心のことが届いてこないんです。隔離してしまうんですね。これは都市の構造が変わったという感じでしょうか。（中略）災害と被害とを、近辺と遠方が感受する感受の仕方が、あまりに違うその違い方は、何かの兆候だという気がします〉（*7: 24）と語っている。同じように、東京にいると暗い、このまま沈没してなくなってしまうんではないか、暗い顔をして、静かで、おとなしくて、ただ歩いているという光景（*7: 77）が戦中との対比で語り出された。素朴な実感と受けとめることは容易である。だが、この実感において都市と自然をめぐる生存感覚が根底的に身体表出されていると言わねばならない。

都市の本質をめぐって、自然の猛威に思いを馳せたエリック・ホッファーは〈人間は敵意のある非人間的宇宙からの避難所として都市を建設したのだと思えてくる（中略）。人間は自然に助けられてではなく、自然にさからって今日のようになったのだ。人間化とは自然からの離反、自然を支配する厳しい必然性の下からの脱出を意味したのである〉（*8: 107）と吉本と類似的な直感と洞察のアマルガムで語っている。三・一一をほぼ全域が都市化した日本という境域において全身で暗く受感するということは、ホッファーの記述に立ち戻るように言うなら、人間と自然との敵対性が回帰することに等しい。つまり、自然の猛威への類的な記憶を呼び戻す契機が現れる。さらに、ホッファーの時代から半世紀を経て、「自然」や「非人間的宇宙」は再定義の問いに曝されるのである。すなわち、原発は都市的身体において「自然」（敵意のある非人間的宇宙）なのかどうか。自然に敵対する砦として作り上げられた都市は原発という「自然」を排除するのか、あるいは都市の原理に遍在するものとしてそれを抱懐するのか。

吉本のいう「現場感覚からの隔離」とその感受への異和（都市の構造が変わったという感じ）は、原発事故の猛威を都市が堰き止めていることへの異和に符合する。震災が極限的な猛威であり、人知を超えた神的暴力が振るわれたことは論を俟たない。一方、ほとんど同時に起こった原発事故が、人為としてカバーされるべきリスクのコンテクストに布置されるのか、あるいは、それは今や都市がその黎明から排除してきた自然史の逆説的な過程としてカウントされているのかが吉本のいう「隔離感」や揺らぎにおいて非決定に繋留されている。だが、この非決定性は、ホッファーが〈われわれをとりまく自然に対する要塞である都市は、われわれの内部にある自然、欲望や恐怖に、そして心の深層にひそんでいる自然からわれわれを守ることはできない〉（*8: 109）と記した「自然」の二重性、すなわち、直接性として顕現する「自然」と関係における力へ励起されるメタ「自然」との疎隔が、「近辺と遠方」という象徴的な距離として東京の下町の片隅で統覚されたということだ。

ホッファーのいう、都市が「自然に対する要塞」から「われわれの内部にある自然」を実践する場所へと分裂したダイナミクスは、吉本においては、メタファにメタファを掛け合わせて、新宿新都心のビル（例えばＮＳビル）に自然の直接性が回帰する風景へのポジティヴな驚きを追跡し、さらに、それは下町の路地に無造作に置かれた植木鉢の朝顔の姿に限りなく親和するマス・イメージ的な心性と交差する。都市の中枢における反・「もののあはれ」（情緒）のポエジーというふうに屈折させてみたいところだ。ところが、震災と原発事故では、「肝心なことが届いて」来ない。暗さだけが街路にも路地裏にも滞留している。

〈原発をやめるという選択肢は考えられません。（中略）発達した科学技術を、もとへ戻すっていうこと自体が、人類をやめろ、っていうことと同じだと思います。人間であることをやめろと。（中略）だから危険なところまで科学を発達させたことを、人類の知恵が生み出した原罪と考えて、危険を覚悟の上で、防御の仕方を発達させていくしかない〉（*7: 86）、〈我々が今すべきは、原発を止めてしまうことではなく、完璧に近いほどの放射線に対する防御策を改めて講じることです。新型の原子炉を開発する資金と同じくらいの金をかけて、放射線を防ぐ技術を開発するしかない。それでもまた新たな危険が出てきたら更なる防衛策を考え完璧に近づけていく。その繰り返ししかない〉（*7: 136）という発言は、震災・原発事故直後の「自然」が下町の片隅において感受された反・「もののあはれ」が世界リスクを引き受け、その内圧を振りほどこうとする葛藤の姿に他ならない。

ここでいう「自然」の配置において、「東京にいると暗い」という都市の中枢での「自然」という共同性が再帰され、初期吉本の「四季派の本質」における人為の「自然」＝戦争への無防備な情緒的同一化への批判が、原発事故をめぐる倫理的自己同一化への批判として再び見出されるはずである。情緒的同一化は倫理的同一化へと姿を変えたが、その翼賛的本質は類似的なのだ。

どういうことか。四季派において、情緒として現れた「自然」へのオマージュが、現在においては倫理的強制の共同性として現れるということである。

瀬尾育生は「自然史的な過程」について〈人間が自然に対してどのような振る舞い方をするとしても、人間と自然との関係は、「全体としての自然」のエコノミーに包括され、その必然性に従う〉（*9: 41）と明示して、諸関係から派生しうる恣意性やファンタズムが予め書き込まれている「全体としての自然」の理法に準拠する必然、自然史的な過程、「技術」の必然性に「倫理」を介入させてはならない（*9: 43）というエスキスを絞り込んでいる。〈超越的で「範疇攪乱的」な倫理性は、同時にピュシスが保障していた、幻想性が持つ恣意性をもまた、倫理によって支配することを意味〉（*9: 44）する。瀬尾育生が吉本隆明の「反原発」異論に見出す「世界観権力」批判の核心は、「四季派の本質」における情緒的同一性への批判が、恣意的な倫理における現代の共同性（ファンタズム）に対する否定性として復元され、それが行使されるスペクタクルである。

「自然」と「自由」において交差しうるもの

七歳で失明、十五歳で突然視力を回復し、やがて〈日雇い労働をすること、金と暇ができれば図書館で本を読むこと、結婚もせず、工場にも勤めないこと〉（*8: 158）という独りの人間としてもっとも単純な生存を選択し実践したというエリック・ホッファーが「自然に還れ」という考えを徹底的に斥けたことについて柄谷行人は〈そもそも「自然に還れ」というイデオローグは自然に屈従したかつての不自由な生活に戻る覚悟など毛頭ありはしないのである。公害問題は、自然が依然として人間にとって厄介な相手だということを意味するにすぎない。（中略）人間は外的な自然に対して脆弱であるばかりでなく、内的な自然に対してさらに脆弱である。情念を放置すれば、たちまちそれは人間をのみつくす。人間が人間存在であるためには、この自然をたえず加工する「精神の錬金術」が不可欠である〉（*8: 171）と捕捉している。自然をめぐるロマンティシズムが自然を支配する厳しい条理への対峙において斥けられている。

科学精神は自然を前にして決して油断してはならない。「公害問題」をめぐって公害以前の「自然」の原野がロマンティシズムによって懐旧されるとき、むき出しになるのは、ロマンティシズムの仮構的な主体であり、全現実を背負うことにおいて脆弱な主体は「公害問題」そのものを最終的に無為の標的として放置してしまう。同じように〈「反原発」の運動が、核テクノロジーそれ自体を廃棄することを世界普遍倫理にしてしまうと、核技術を核技術そのものによって克服するという、可能な道筋も断たれてしまうかもしれない〉（*9: 51）。「世界普遍倫理」は全現実への責任を放棄するための口実へと退化し、遮蔽的な情緒的正義がひたすら振りかざされるのである。

この局面で、ホッファーの「もっとも単純な生存」を媒介にして、「自然」と人間との現実的な相克をめぐる吉本隆明の「全体としての自然」のエコノミーと、柄谷行人が〈われわれは、自由を括弧に入れたときに現象〔自然必然性の世界〕を見出し、自然必然性を括弧に入れたときに自由を見出す、ということです。人が何かをやってしまったら、それがどんなに不可避的なものであろうと倫理的に責任があるのは、「自由であれ」という当為があるためです〉（*10: 74）というふうにカントは内在的に交差すると言わねばならない。倫理は善悪よりも「自由」の問題だ、というふうにカントは転倒した。自由と自己原因性は円環するが、同じように、エンゲルスの「自然の弁証法」の理念は、〈今回の震災によって大きく変わったのは、自然現象と人間の生死のかかわりを考えるときに自分の思考形式の多様性をどう掘り下げていくのかということです〉（*7: 106）というように果肉（現実化）の端緒に曝されたのである。

その可能的な弁証法は解体され、ゼロに引き直され、だからこそ「自由」の契機となりうる。「自由」と実践理性（倫理）は円環する。実践（他者を手段としてだけではなく目的として統覚すること）は倫理において「自由」を現実化しうるが、「自然」はそれ自身における無前提な何者かを超越しなければならない。同じように、「全体としての自然」は、「自然」をめぐる無意識と超自我が重層する場である。文字通り、自らを然らしむべき自然の総体のなかに、人間の（善悪の）単独的な去就もまた布置されうる。その場合、エコノミーは「自然必然性」の原理に近い何かであるはずだ。

経済という罠

ところが、最後にひとつの罠が残される。エコノミー（経済）という罠である。それは、罠であるとともに人間的行動の境域に恒常的かつ権勢的なマーキングを張り巡らせている。本来はオイコスとして地上の住処や所領支配という語義に尽きていたが、今ではときに善悪に準じる価値判断を誘導し、情緒によるエポケーの契機として作用する。それは、経済が思想要因と孕み合うしかないという生きることとの有機的連関の綾をも作り出す。ウルリッヒ・ベックのいう生態系の危機、金融危機、テロの危機という世界リスク社会の構成要素はすべてグローバリズムとその主要な経済的インパクト（一喜一憂）に回収される。倫理が情緒へと裏返る。意味作用を「交換」へ偽造する邪悪な誘惑者、それは経済である。それくらいに、経済はグローバリズムと貼りあわされるかたちで、もうひとつの妖怪のように、世界のファンタズムあるいはオブセッションとして地に跋扈するのである。

一方、吉本隆明の「自然史的な過程」という立論に説得され実務型技術者を信頼してきた加藤典洋は、〈都市化現象もいきものとしての人間の活動の一環として「新種の地質層」に等しい〉(*2: 244)というシークェンスから「世界視線」という概念に「脱倫理的なフィードバック系」を見出した。それをフォローした果てで、加藤は、エコ・システムの無限性からビオ・システムの有限性に価値判断の軸足を移すポジションから、「世界視線」の内包する「無限性の近代のあり方」に「停滞」を見出している。これは、無限性が有限性の舗石に大きく躓く局面に違いない。だが、この局面（有限性の認識）に加藤を誘導したのは、「ソ連原発事故のようなものは確率論的にはあと半世紀は起こらない」（*2: 239）という吉本の想定の誤謬、および原発事故の経済的ダメージのはかり知れなさである。そのはかり知れなさから人類の有限性が逆算されるという訳だ。加藤はウルリッヒ・ベックのリスク社会論に伏在する資本制社会の無限性への肯定性と吉本の「世界視線」をバックアップする資本主義の無限性のメタファとの未必の調和《ハーモニー》を感知したのである。

　では、原発事故という出来事において、その経済的ダメージのはかり知れなさは人類の有限性を覚醒する契機であるのか、それにもかかわらず「自然史的な過程」の実践の中心で人類の無限性の信憑が維持されねばならないのかという問いが現れる。反原発デモのユーチューブに現れた小熊英二は、原発というのはテクノロジーとしては炭鉱と同じくらいに陳腐化した装置であり、テクノロジーとしても経済の合理性としてもオワッテイルと述べたが、それは前者のスタンスに与している。つまり、人類の有限性を実証するのは、原発事故を介して現れた経済の地上的なバランスが壊れるという条理である。原発は理念として否認されるのではなく、経済合理性において否認される。その否認の根拠は、原発への原理的な瑕疵認識ではなく、事故によって明らかになった経済的ダメージから演算されたものだ。

　同じように、人類の有限性について展開する加藤典洋も原発事故の経済的ダメージに足場を置く。先に触れたように、理念の手前で、あるいは、理念化によるエポケーを回避し、アガンベンの「しないことができる力」(非の潜勢力)、コンティンジェントであるという偶有性の実践が繰り込まれる。

この背理的な肯定性は、しかし、「経済」への遡及をエポケーするかたち、すなわち、経済をめぐる出来事の可能態を括弧で括るふうにして成立しているのではないだろうか。加藤典洋の肯定性のエレガンスは、経済が括弧で括られないまま世界を世界リスク社会に転じる背後の抑圧、匿名の集団である不可視委員会《コミテ・アンヴィジブル》が〈それにしても、われわれはあまりにも経済に順応してしまった。数世代にわたって規律を叩き込まれ、骨抜きにされ挙句、当然のごとく生産的で消費することに喜びを覚える**主体**へと作り変えられてしまったのである〉(*11: 61)というシャウト(だが、このシャウトは金融に対する「実体経済」の擁護、「脱成長なるアイデア」が経済を倫理として救済しようとする茶番—フランスの政策—をも見抜いている)に張り合わされている。むろん、怜悧な加藤はシャウトしない。かたや、不可視委員会《コミテ・アンヴィジブル》のテクストは、〈**あらゆる危機を利用して攻撃すること／あらゆる代理＝表象の審級を破壊すること／おしゃべりを一般化すること／総会をなくすこと／経済を遮断すること、ただし自己組織化のレベルに合わせて／われわれが封鎖できる力を見極めること**〉(*11: 125~129)というかたちで「蜂起」を周到に行分けして見せる。

不可視委員会《コミテ・アンヴィジブル》は〈「環境のカタストロフ」は存在しない。あるのは**環境という**カタストロフだけだ。(中略)環境として固着しているもの、それは**マネージメント**にもとづいた世界との関係、つまり疎外にもとづいた世界との関係である〉(*11: 70)と逆説してみせる。それはグローバリズムと世界リスク社会の綾、あるいは、エリック・ホッファーが〈アメリカの未来はいまやスーパーマンたちの配置されたとほうもなく複雑で高価な実験室の中で形成されつつあり、大衆は使いものにならない消耗品になろうとしているのだ〉(*8: 84)と述べた大衆の「素質や才能」に依存するフィールドが縮小し、リスクをめぐるアルゴリズムだけが優勢な(リスク)管理社会が織りなす逆説に通じる。前に記したように、大衆の冒険は抑圧され、予め計量されるオブジェクトとして「リスク」が現れた。経済学の局面では、投融資政策を唱導したケインジアンは去り、マネタリストがもっぱら「恐慌」のリスクを無限に微分して経済の無限性というファンタズムを終わりなき日常のように反復し、微分されたリスクの定常的な物語を演出する。不可視委員会《コミテ・アンヴィジブル》のように言えば、最後まで留保されるのは、「リスク」というカタストロフだけになる。

単独性の強度へ

柄谷行人は「自然史的な過程」に言及するマルクスの「立場」について、〈社会的な構造を自然必然性としてみることである。ここでは「責任」が出てこない。だが、マルクスは、自然史的立場に立つことによって、すなわち、責任を括弧に入れることで、このような視点を獲得しているのだ〉(*6: 176)と述べている。責任を括弧に入れなければ、「自然史的な過程」が到達されないということであり、これをカントに則するなら〈理論的であることと同時に実践的であること、この超越論的態度そのものが倫理的なのだ〉(*6: 176) ということになる。

理論だけでは、人格(自由の根拠)も責任も存在しえない。「君の人格ならびにすべての他者の人格における人間性を、けっしてたんに手段としてのみ用いるのみならず、つねに同時に目的〔=自由な主体〕として用いるように行為せよ」(*6: 175) というカントの定言命法は、文字通り実践によって析出される「義務」と「責任」の相互関係によってのみ到達される。資本主義の運動が無目的かつ倒錯的に持続することを放置するのか、あるいは貨幣(商品)のフェティシズムという「倒錯」(*6: 317) から〈交換あるいは商品形態そのものに胚胎する形而上学であり神学〉(*6: 338) を引き出して「責任」関係へと布置しうるのか。この問いは、柄谷の「いま」・「ここ」へと接続されている。

震災という出来事の固有性をめぐる柄谷行人の疎隔的な姿勢は、震災において(より局地的には日本経済の)有限性が現れたのではなく、それとは無関係に世界経済の破綻が間違いなく訪れるのだという多弁な断定とともに、日本の思想言説では極めてユニークという他はない。だが、経済成長などはありえないのだから、〈そもそもエネルギー使用を減らせばいいのです。原発事故によって、それを実行しやすい環境ができたと思うんですが、そうは考えない。あいかわらず、無駄なものをいろいろ作って、消費して、(中略)それは地震のせいではないですよ。それは産業資本主義そのものの本性によるものですから〉(*12) という思考の異端な響きを聴き逃してはならない。

コミュニズムを鋭角的に賦活しようとする不可視委員会《コミテ・アンヴィジブル》のアナーキズムに同調せず、かつ、三・

一一をめぐって「自然史的な過程」と「責任」との垂直的な連関を水平的な歴史的示差へと転換するかたちで、〈3月11日以降に、わかってきたことがあります。実際は、1980年代には日本に大規模な原発反対の運動があったのです。それなのに、なぜ今日まで、54基もの原発が作られるに至ったのか。そのことと、なぜデモがなくなったのかということは、平行しており、別の話ではないということです〉(*12)と「いま」・「ここ」の抵抗性の定常的な位相を逸脱して見せる柄谷のスタンスは、伏在し加速する単独性の強度と寸分の狂いなく同期している。

デモがあれば、そこに行けばいい、と言い切った気風のまま、原発の代案をめぐって、柄谷は次のように言う。〈私はそんなことをいう必要はないと思います。たんにやめればいい。やめることで、はじめて考えることがはじまるのであって、その逆ではない。代案を出すという思考が、すでに原発と同じものなのだと思います。そんなことをやっていたら、絶対に原発をつくった資本=国家を脱構築することはできないのです〉(*13)。われわれは、いつも事件に追いつくことが出来ない。いつも完了態の固有な事件をめぐって少しでも普遍的に語るというズレのなかに配置されてしまう。出来事の固有性に対して普遍的な「責任」を先行させるには、世界の時間性を「倫理」によって転倒しなければならない。柄谷の一見捨て鉢な単純化において、超越でも黙契でもなく、彼自身の「転倒」の初源が、リアルタイムの実践の場所から遡及されうるのである。

先に述べたように、吉本隆明は出来事(原発事故)の現存に「自然史的な過程」をつらぬかせようとした。そのためには、「倫理」の関与を振りほどかねばならない。一方、柄谷行人は、出来事（原発事故）から責任が派生する条理を転倒して、責任を括弧で括って出来事に先行させ、カント的な実践へと一気に移動しようとする。その実践の背後には「倫理」が遍在している。つまり、吉本と柄谷の出来事（世界現象）へのアプローチは、「倫理」をめぐって背中合わせになっているのである。だが、出来事（原発事故）に地上的に対峙する原理において二人が遭遇する審級、世界リスク社会と共犯する国家をともに乗り越えるという審級が、過去（自然史）と未来（他者への「責任」）とを往還する単独的な姿において、相並ぶような同意の強度があるはずだ。

＊

1　ウルリッヒ・ベック『世界リスク社会論』島村賢一訳、ちくま学芸文庫、二〇一〇年九月
2　加藤典洋『人類が永遠に続くのではないとしたら』新潮社、二〇一四年六月
3　『出エジプト記』関根正雄訳、岩波文庫、一九六九年一月
4　マルティン・ハイデッガー『技術への問い』関口浩訳、平凡社ライブラリー、二〇一三年一一月
5　エマニュエル・レヴィナス『倫理と無限』西山雄二訳、ちくま学芸文庫、二〇一〇年四月
6　柄谷行人『トランスクリティーク』岩波現代文庫、二〇一〇年一月
7　吉本隆明『反原発異論』論創社、二〇一五年一月
8　エリック・ホッファー『現代という時代の気質』柄谷行人訳、ちくま学芸文庫、二〇一五年六月

9　『飢餓陣営』四十二号、瀬尾育生「世界倫理と反原発の思想」、二〇一五年五月（のちに、瀬尾育生『吉本隆明からはじまる』思潮社、二〇一九年七月所収）
10　柄谷行人『倫理21』平凡社、二〇〇〇年二月
11　不可視委員会『来るべき蜂起』同翻訳委員会、彩流社、二〇一〇年五月
12　柄谷行人公式サイト「反原発デモが日本を変える」
13　第179回新宿セミナー「震災・原発と新たな社会運動」（二〇一一年六月五日）

第6章

「形式化」の狡知をめぐって

輻輳的に反復される交換様式

『憲法の無意識』で、柄谷行人は、カントの平和論から「贈与の力」へと敷衍展開する件《くだり》で、交換様式の推移に言及している。A互酬（贈与と返礼）、B収奪と再分配（支配と服従）、C商品交換（貨幣と商品）、そしてDはXとして明示されず、交換様式を超えるかたちで、Aの互酬形態が普遍宗教として高次元で回復すると述べている。このマトリックスは、二〇一〇年六月刊行の『世界史の構造』の「交換様式論」のフレームワークに等しい。同著作の終章は「世界共和国へ」と題され、更にその最終項に近いところで、カントが唱導した諸国家連邦において「贈与による永遠平和」が到達されるには、「マルチチュード」（ネグリ＝ハート）の初期マルクス的アプローチでは限界があり、グローバル経済において「ミニ世界システム」としての交換様式Aが高次元で回復されるべきであると説かれる。また、「世界共和国」は交換様式Dが到達されるアソシエーショニズムの器であることが明示される。

ところで、『世界共和国へ――資本＝ネーション＝国家を超えて』は、二〇〇六年四月の刊行である。その構成と内容は『世界史の構造』と極めて相似的で、序文以降、交換様式、世界（＝）帝国、世界経済（アソシエーショニズムへの階梯）、世界共和国、と並行的なアジェンダは、二つの著作が相互のヴァリアントではないかと思わせる。さらに、柄谷が、二〇〇一年に最初の版が刊行された『トランスクリティーク』の第一部の末尾で、カントの啓蒙主義が道徳的次元を超え歴史的に実現されるべき理念（コミュニズム）を孕むことをめぐって、〈このような世界共和国あるいは公民的連合が成立するには、それぞれの国家において或る決定的な変化がなければならない。それは、その内部において、各人が他人を手段としてのみならず同時に目的として扱うような経済システムが実現され、「その目的のために対外的にも完全であるような国家組織」となることである〉（*1: 192）と述べたところまで遡ることが出来る。

二〇〇一年六月、大阪でNAMが結成された。『原理』の序文で、過去二百年の社会主義運動を総括する「希望の原理」であると柄谷が述べたNAM（New Associationist Movement）は、「互酬的な交換」を実践する「倫理的」な地域通貨LETSによる互酬交換体系を目指したが、運営面の混乱や人間関係の軋轢などにより二〇〇三年一月に解散した。二〇〇一年六月、集合的な編集形式で発行された『NAM生成』で、柄谷は〈ヘーゲルは、キリスト教の三位一体を論理的に階層体系に組み込んだように、資本＝ネーション＝ステートの三位一体についてもそうしました。しかし、その三つをどう入れ替えても同じことになる。けっして、その環から出られない。その出口は、アソシエーションにあります。プルードンがそれを最初にやったことは間違いない〉（*2: 170）と語り、カントの倫理学における「目的の国」がアソシエーションに他ならないと続けた。

NAMは自らのプログラムを「倫理的―経済的な運動」と規定した。交換の局面で、「非暴力」をつらぬくためのフレームワークとして、交換の三つの型が提示された。すなわち、a収奪と再分配、

b贈与の互酬制、c貨幣による交換と第四の型としてのdアソシエーション（LETS）である。これに対応する社会（共同体）の形態は、a封建国家、b農業共同体、c都市、dアソシエーションと示された（*3: 43）。つまり、NAMのフレームワークは、『憲法の無意識』にまでつらぬかれている。プルードンもホッブスもネグリ＝ハートも、主要な役者はこの時点で登場し、その後、彼らの役回りをきっちり反芻している。〈資本と国家とネーションは、それぞれ違った「交換」の原理にもとづくものだと考えられるべきである。それらが区別されないのは、ブルジョア的な近代国家において、それらがトリニティ（三位一体）になっているからである〉（*3: 41）というプラットフォームから、『世界共和国へ』で、〈市民社会＝市場経済（感性）と国家（悟性）がネーション（想像力）によって結ばれている〉（*4: 175）と語られる「ボロメオの環」が見出されるところまでは一歩である。

NAMの挫折がアソシエーションを理念化した

だが、『世界共和国へ』において交換様式として四つに区切られた形態と『原理』が語った三つのタイプ、プラスLETSには、二つの大きな違いがある。まず、両者では、aとbとが逆になっている。『原理』でも、いったんは第一に「互酬的な交換」、第二に交換の一種として「強奪」が配置される。しかし、人間の関係に伏在する暴力の可能性に対して〈国家は一面において、超階級的で、「理性的」であるかのように表象される〉（*3: 42）ことが「収奪と再分配」の必然と均衡し、それが、「互酬的な交換」に先立つと考えられた模様である。つまり、『原理』では、農村共同体に対して国家が先行する、あるいは、均衡すると考えられた。国家による「収奪と再分配」において、「互酬」以前の「互酬」というバランスを実現するという歴史的必然ともいうべきものが措定されたのである。あるいは、ベネディクト・アンダーソンの国家と資本の「結婚」という言い方をめぐって、〈第一に、国家は、収奪と再分配の原理にもとづく。第二に、そのような国家機構によって支配され、相互に孤立した農業共同体は、その内部においては自律的であり、相互扶助的、互酬的交換を原理にしている。第三に、そうした共同体と共同体の「間」に、市場、すなわち都市が成立する。〉（*3: 44）という「国家」を媒介とした孤立から自律へのヘーゲル的な順序構造が繰り込まれたと言いうる。

もうひとつの違いは、ちょっと見えにくいが決定的である。すなわち、『原理』では、交換のタイプとしても、共同体の形態としても、a平等、b友愛、c自由のその先にある在り方としても確信されたに違いないdアソシエーションが、『世界共和国へ』ではXとして不確定な理念に置き換えられたことである。〈さらに、私は、この三つのタイプの交換のほかに、もう一つの交換様式をXとしてあげておきます。これは現実に存在しているわけではないが、つねに理念としてありつづけるような形態です〉（*4: 23）と述べられるXである。二〇〇四年に定本として刊行された『トランスクリティーク』は、時期的に『原理』と『世界共和国へ』の中間に位置するが、そこでは「交換形態」の第四類型として（アソシエーション）が布置され、〈相互扶助的ではあるが、共同体のように閉鎖的ではない。それは、商品交換を通して、共同体から出た諸個人によって形成される自発的な交換組織である〉（*1:415）と定義される。これは、〈諸個人の自由な契約にもとづき、相互扶助的だが排他的でない、貨幣を用いるがそれが資本に転化しないような、交換です。だから、この交換は倫理的―経済的なものです〉（*3:91）と柄谷が『原理』で語ったこととほぼ等しい。ただ、『トランスクリティーク』では、アソシエーションは（アソシエーション）として括弧で括られた。つまり、「交換形態」の「類型」としても共同体の位相としてもアソシエーションはエポケーされ、やがてXに置き換えられたのである。

アソシエーション→（アソシエーション）→Xという交換様式（形態）の理念化、あるいは、志向対象性への移行はNAMの挫折によって導かれたと考えられる。NAMの挫折は、アソシエーションを志向理念へと押し戻しただけではない。「もう一つの国」が挫折するという直接的な経験によって柄谷は、それまで理念において超越しようとした国家の物質性に遭遇した。すなわち、国家は幻想の共同体ではなく、他の国家に対する関係性として国家であるという現実に覚醒する他なかった。ここでNAM解散の詳細に踏み込む十分な情報はないが、そこにはいくつかの関係の行き詰まりがあったはずであり、その行き詰まりは柄谷行人にとって、ヘーゲル的な「国家」の蓋然性を最終的に遮断する契機となったと思われる。

国家は在る。だが、国家はその可能性において遮断されねばならない。そのために、まず、理念的実在としての国家が無化される。すなわち、国家は他の国家が在るからこそ国家でありうる。その外在性、偶有性、相対性において国家はトートロジックに「無‐根拠」である。『原理』でも『世界共和国へ』でも、そのように直截には語られることはない。だが、この「無‐根拠」を踏み堪えること、歴史の「理念」という「超越論的仮象」(*5: 126)を受容することによって、かろうじて「統合失調症」を回避するようにして固守されるのが「資本＝ネーション＝国家」というボロメオの環であり、キルケゴールによって「死にいたる病」と呼ばれた「絶望」の循環である。

このように国家を「無‐根拠」に追い込んだ挫折の強度は、いったんは断言されたアソシエーションを、(アソシエーション)へ、そしてXという未遂の理念へと押し戻した。いいかえると、NAMの挫折を契機とする国家への否定力は、同じ強度で、交換様式Dのヴィジョンをゼロ地点へ押し戻したのである。このゼロ地点の強度は国家が遮断されている強度に等しい。それは、NAMの挫折のテクニカルな側面であるLETSの挫折に関わる「一般的等価形態」について徹底的に思考することを柄谷に強いた。国家や共同体に帰属しない「倫理」を開いた普遍宗教の出現が交換様式の切り口で、〈呪術＝互酬交換を廃棄し、貨幣による交換が支配的になった時点で生じる〉(*4: 95)、すなわち、神の超越性が神の地上性を明証する「場所」において「一般的等価形態」を析出した。ニーチェが『道徳の系譜』で批判したキリストに対する全人類の負い目を贖う弁済の地上性は「一般的等価形態」として現れ、それはアソシエーションへの理念的な志向性を担うことになった。

「反復強迫」＝「抑圧されたものの回帰」

そこで、フロイトが導入されたのである。『世界共和国へ』では、〈普遍宗教がもたらしたのは、自由の互酬性（相互性）という倫理的な理念です〉（*4: 102）と「一般的等価形態」に内在する倫理性がカントの道徳法則（実践理性）と照合されるに留まったが、『世界史の構造』では、フロイトの『モーセと一神教』において、出エジプトの後カナンに入る手前で、「原父殺し」の反復のように、エジプト人（専制国家）に殺された（抑圧された）モーセが「モーセの神」、すなわち、〈人間の意志を超えた超越的で強迫的な神〉（*6: 211）として、「神と人間の契約」を行使する者として人間の意志・意識に抗して「回帰」するシーンが導入されたのである。

〈交換様式Dにおいて交換様式Aがより高次の次元で回復される、と私は述べたが、この場合、回復というよりも「抑圧されたものの回帰」というべきである。つまり、それはノスタルジックな回復とは異なるのだ。エルンスト・ブロッホは、フロイトの「無意識」概念に対して、「未だ‐意識されないもの」（独語略 ── 引用者）という概念を立てた。この見方は、フロイトがいう「抑圧されたものの回帰」を、過去にあったもののノスタルジックな回復とみなすことである。しかし、むろん、そうではない。ブロッホがいう「未だ‐意識されないもの」こそ、「抑圧されたものの回帰」としてのみ生まれるのである。それは、人が空想するような恣意的なユートピアではありえない〉（*6: 211）。

NAMの挫折によってスクラッチ＝現実性ゼロ（純粋な理念）に押し戻された「交換様式D」＝Xは、一気に歴史性を担って現実性のフロントラインに復活する。「抑圧されたものの回帰」は、その後、フロイトの攻撃衝動がカントの「非社交的社交性」と並行的に検証されたように、「倫理」＝「一般的等価形態」の生成の場所が探究されるモメンタムとなるが、それは、『世界史の構造』のテクストそのものにおいてではなく、震災を経て刊行された『「世界史の構造」を読む』においてである。大澤真幸が「抑圧されたものの回帰」の意義を再確認しようとしたところ、柄谷は、機制としての「原父殺し」によって国家の形成は阻止されてきたのであり、互酬が強制されることによって階級分化も阻止されたというように論点を更新し、〈氏族社会はすでに「抑圧されたものの回帰」であり、さらに、普遍宗教としてあらわれる交換様式Dは、いわば、「抑圧された交換様式Aの回帰」である〉（*7: 124）と応答した。つまり、「互酬」も無傷ではない。「互酬」は「反復強迫」を孕むからである。

ここでフロイトのテクストそのものを参照する。ロンドン亡命後の最晩年の著作『モーセと一神教』の初めのモチーフは、人類あるいは個人史において起こった性的で攻撃的な出来事の記憶は、防衛機制が作用していったん忘却されるが、長い潜伏期ののちに神経症の症候として罪の意識を研ぎ澄ませたかたちで出現する、というものである。とくに類の歴史で一回性を強調されて濃厚に語られる出来事は、そのようなかたちで数千年の期間にわたって無数に反復された。この反復性の原理について、支配的な父なる神が再来するコンテクストを去勢不安の強度が再構成される症例に重ねて、フロイトは〈過去が再構成され、長い中断期間をおいて、抑圧されたものが回帰するという特徴があるのである。（中略）何かが忘却の後に回帰してくると、それは特別な力をもって地位を確保し、人間集団に対して比類のないほど強い影響を及ぼすのである〉（*8: 357）と述べた。これは類の歴史、ユダヤ教に一神的なものが挿入されキリスト教が生成した「原父殺し」の反復へと敷衍された。原父が復活するだけではない。「原父殺し」は、無垢な悲劇として賦活するのではなく、パウロが「原罪」（死をもってしか贖いえない罪）と呼ぶ摂理として承認されようとするのである。

〈抑圧された内容の回帰の先駆けとして、罪の意識が深まり、それがユダヤの民族と、当時の文化世界の全体を覆ってしまったかのように思われる〉（*8: 360）、〈ユダヤ人はこの父親殺しという行為を、卓越した父親の像を体現していたモーセという人物にたいして反復する運命にあったのだ〉（*8: 366）、〈モーセが最初の救世主であったとすると、キリストがその代理として後継の救世主になったわけである。（中略）キリストは太古の群れにおける原父が復活した存在だったのであり、変容して父の地位についた息子だからである〉（*8: 368）。

ユダヤ民族がキリストを媒介にして世界制覇を成し遂げようとする超自我の格闘は二十一世紀になって更に過酷になっていると思われる。

ナチズムにフォローするかたちでファシズムがウィーンを席捲した一九三三年に刊行された講義録『精神分析入門（続）』に収録された「不安と欲動の生」おいて、不安神経症の背後にある抑圧の実体を、フロイトはまず身体的なリビドーの抑圧から解きほぐそうとした。不安はかつての出来事が再生することによる情動である。不安は症状形成によって解消されるが、それによって抑圧（拘束）が生まれる。抑圧が不安を作り出すのではなく、不安が抑圧を呼び込む。自我と抑圧、反動形成、リビドーの表象、サディズムとマゾヒズム（エロスと攻撃欲動）を辿り、マゾヒズム（自己破壊）の防衛機制が他者への攻撃欲動に裏返るプロセスを追尾したフロイトは、〈ある状態が達成された後で、これが破壊されたとしましょう。するとその瞬間に、その状態をふたたび作りだそうとする欲動が生まれるのです。そしてこの欲動によって、反復強迫と呼ばれる現象が発生するのです〉（*9: 240）と述べた。さらに、欲動の自己保存的な表現としての「反復強迫」が、欲動以前のどういう状態を「再現」しようとしているのかと問いかけたフロイトは、〈生命は、考えられないほどの遠い昔に、想像できないような方法で、生命のない物質から誕生したと言われますが、それが真実であれば、わたしたちの前提に基づくと、生命を消滅させて、無機的な状態をふたたび作りだそうとする欲動が、その時点で発生したはずなのです〉（*9: 242）と欲動《タナトス》の自己破壊的な原イメージを描き出した。

後期フロイトの理論が最晩年の『モーセと一神教』における「抑圧されたものの回帰」に収斂する壮大な団円は講義録のこの数ページから始まったということが出来る。症例分析から、生命論、類の歴史、そして「原罪」の生成へとアナロジーの強度は累乗された。欲動の対立する表現をエロス（統一性への生命的意志）とタナトス（無機的状態への回帰欲動）として描いたフロイトは、神経症の疾患から回復して社交的になろうとした女性が偶発的な事故にしばしば遭遇したという事例から無意識的な自己処罰の欲求を抽象し、「無意識的な罪責感」が現れる場面を〈つまり攻撃欲動に内面化されて、それが超自我によってうけつがれたのだと思われるのです〉（*9: 246）と述べた。社交性に伏在する他者への攻撃欲動が自己へ向かう局面で交錯したエロスとタナトスは、罪責感を媒介として倫理、規範や文化の枠組みを形成する超自我の原基となる。

「原生的疎外」とフロイト体系

柄谷行人は、この生命（有機体）と無機質の関係に生命そのものではなく、人間集団（バンド）の側面からアナロジカルにアプローチし、戦乱後の「徳川の平和」と戦後の憲法九条の体制を類比する局面でフロイトの観点から、〈死の欲動とは、有機体が無機質であった状態に戻ろうとする衝迫です。たとえば、人類が定住する以前の遊動的バンド社会では、人々の集団は少数であり、また、いつでも他人との関係を切断できた。その意味で、彼らの社会は「無機質」であったといえるでしょう。しかし、定住以後の社会では、それらが多数結合された「有機体」になる。それは葛藤・相克に満ちた状態です。そのとき、攻撃欲動が生じるのです。それに対処すべく生じたのが、互酬の原理にもとづく厳しい掟をもった氏族社会です〉（*10: 78）と押し広げて見せた。

戦後憲法九条は、内面化された攻撃欲動を受け継いだ超自我のアナロジーであり、カントが唱導した永遠平和の理念に相当する。フロイトを導入した柄谷は、フロイトのアナロジーを横に展開するかたちで、神経症の症例におけるタナトスがカントの普遍理念（倫理）として現れるアンチノミーを「自然の狡知」と呼んだ。これは、フランス革命がナポレオン帝国を経て近代社会を析出するリニアな弁証的時間の地平における絶対理性への進捗をヘーゲルが名付けた「理性の狡知」に対置されるジャルゴンである。ヘーゲル的な「国家」の蓋然性に、「国家」を超える普遍理念が生成する構造的なスペクタクルが対置されるということだ。

ところで、旧約のモーセや神経症の症例分析から反復的、回帰的な心的類的運動性を引き出して見せた後期フロイトの言説は、柄谷にとっては、欲動論がカントの普遍理念と交差する場を「トランスクリティーク」の実践の場とする契機となったが、吉本隆明は、フロイトの「反復強迫」から「原生的疎外」というジャルゴンを導いている。〈まず、生命体（生物）は、それが高等であれ原生的であれ、ただ生命体であるという存在自体によって無機的自然にたいしてひとつの**異和**をなしている。この**異和**を仮りに**原生的疎外**と呼んでおけば、生命体はアメーバから人間にいたるまで、ただ生命体であるという理由で、原生的疎外の領域をもっており、したがってこの疎外の打消しとして存在している。この原生的疎外はフロイトの概念では生命衝動（雰囲気をも含めた広義の性衝動）であり、この疎外の打消しは無機的自然への復帰の衝動、いいかえれば死の本能であると考えられている。（中略）フロイドが〈エス〉と名づけたものは、この原生的な疎外の心的内容であるとかんがえられる〉

（*11: 23）という「異和」＝「原生的疎外」もまた、普遍理念＝概念が画定されるダイナミックな場であると考えることへの誘惑を禁じがたい。

だが、吉本が「原生的疎外」を持ち出した背景として、フロイトの体系が「心的内容主義」を徹底しようとしながら、超自我と自我とエスの葛藤、死すべき個体と永続する類との葛藤が、リビドーへの「永続還元」の果てで〈個体は各瞬間、各時期ごとに発展と断絶した飛躍との錯合する**構造**的な存在でしかありえない〉（*11: 36）という個の「構造」を不可避に残余させてしまう、その「内容」の決定的な限界が考察されたことを看過してはならない。

有機的な身体は無機的な自然から疎外された「幻想領域」である。フロイトは、そのことを「内容」において追究しようとすればするほど「構造」（形式）へと追い込まれた。吉本は〈〈心〉と〈身体〉とのあいだはもっとも非因果的な**構造**によって媒介されてはじめて合理的である〉（*11: 18）と述べたが、これは、フロイト体系のことを対偶的に語っているということが出来る。そもそも、「心的な現象」が語られるというもうひとつの「心的な現象」への回帰性だけが、〈エス〉と〈自我〉との葛藤という「心的な内容」をサポートした。フロイト体系の欠点について〈社会における**幻想的共同性**が、家族あるいは一対の男女における**幻想対**の表出と逆立するものであるということを洞察しなかったところにあった〉（*11: 31）という批判において、吉本は、社会関係、男性・女性、親・子という関係的現実の総体の条理をめぐるフロイト言説の「心的内容主義」の徹底性が「構造」（形式）を析出した「一対一の関係」の擬定性の限界に行き当ったのだと思われる。

吉本は、フロイトの「心的内容主義」の射程の外側に「心的形式主義」を想定するが、『心的現象論序説』では「心的形式主義」への言及はついに現れなかった。それを相補するコンテクストで、知覚から理性に亘る主体性と客体性とが同一化（「錯合」）したような「純粋化」の心的領域が措定され、それは「原生的疎外」に対して「純粋疎外」と呼ばれた。〈原生的疎外を心的現象が可能性をもちうる心的領域だとすれば、純粋疎外の心的な領域は、心的現象がそれ自体として存在するかのような領域であるということができる〉（*11: 110）。「それ自体」とは、フッサールの「現象学的還元」におけるエポケーが独在させる純粋直感、すなわち、意識の超越的な排他性とは異なる。対象性としての自然や身体は、世界認識の「形式」であるかのように世界に踏みとどまり、「原生的疎外」を「ベクトル変容」して、時間意識、空間意識の象限を形成する。

「形式化」が「無-根拠」を踏み堪える

メルロ＝ポンティは、コレージュ・ド・フランスでの教鞭の機会を得て「哲学をたたえて」と題された講演で、哲学と心理学の関係について、哲学は「内容」であり、心理学が「形式」を成すと述べたはずである。一方で、メルロ＝ポンティの身体論的な現象学は、「形式」と「内容」とがお互いを孕み合う両義性の稜線を辿ったが、フロイトの「心的な内容主義」（症例分析主義、還元主義）が「構造」（形式）を呼び込んだというアンチノミーは、吉本隆明が『心的現象論序説』の末尾で、全現実と想像力と心像とのパラドキシカルな関係をめぐって、〈想像力において、わたしたちが当面するのは、二律背反の世界である〉（*11: 321）と記したひとつの総括と不可分である。

〈市民社会＝市場経済（感性）と国家（悟性）がネーション（想像力）によって結ばれている〉（*4: 175）と柄谷が述べる、感性、悟性を結合させる「想像力」＝ネーションの二律背反は、吉本が、〈〈心〉と〈身体〉とのあいだはもっとも非因果的な**構造**によって媒介されてはじめて合理的である〉（*11: 18）と述べた「非因果的な構造」を因果性へと追い込むフロイト体系に伏在する無頼な「無‐根拠」に等しい。これを、フロイトのように言うなら、抑圧されていた「無‐根拠」＝非因果性は、厳然たる「根拠」＝因果性として回帰するのだ。

この「無‐根拠」＝非因果性と「根拠」＝因果性とのコントラストは、「構造」（形式化）によって媒介される。それにとどまりはしない。外部性と内在、偶然と必然、非歴史性（カント）と歴史性（ヘーゲル）といった対抗的な概念を、それらの可能的な両義性においていくらでも列挙できる。そうすると、それらの対抗性、二項対立こそが実は恣意的であり、両義性だけが終局の「必然」とバランスするように思える。両義性において「対立」（の「必然」）が解消されるからである。この解消のプロセスが還元のプロセスに導かれる限りにおいて、「現象学的還元」は超、越、的な「必然」を維持してきたのだ。

柄谷行人は〈形式化は、指示対象・意味・文脈といった外部性を還元し、意味のない恣意的な形式的関係（差異）と一定の変換法則（構造）をみることである。この還元において、どのような手つづきがとられても本来的に差はない。そのいずれにおいても、なんらかのかたちで、形式体系内部の自立性をめぐって、あるいは外部性をめぐって、パラドックスが見出される〉（*12: 138）と記し、「現象学的還元のパラドックスス」に批判的な姿勢を示した。一方、柄谷は「現象学的還元」における「形相的」と「超越論的」の相補性を認めた上で、〈フッサールの内省＝遡行がまさに「無意識的な下部構造」がいかにして構成されるのかと問うことにあった〉（*12: 148）という仮定を設けたが、「下部構造」（経済＝交換）と「無意識」（超自我）との連関を描き尽くそうとするモチーフを一九八〇年頃にはすでに繰り込んでおり、それは、『世界共和国へ』から『世界史の構造』通過して「交換様式論」を持続する彼の思想の現存をつらぬいているのである。

〈われわれは、経験的な方法や発生論的な方法に訴えることなく、自己言及的な形式体系から出発する。だが、その権利は、フッサールの現象学的還元によって与えられるといってもよい。フッサールのいう「生活世界」は、われわれの考えでは、本来的には自己言及性のパラドックスにさらされるがゆえに、過剰で不均衡な世界である〉（*12: 150）。

どういうことか。「形式化」の要件は、「無－根拠」が「生活世界」の「根拠」へと受肉される「自己言及」を踏み堪えるということである。「現象学的還元」は「形式化」の器である、ということだ。

それは、どんな「無‐根拠」をも踏み堪えるかたちで「自己言及的な形式体系」を形成する。フッサールの論理主義が標的とした「下部構造」は経済＝交換であり、差異的「形式」としての言語でもある。

〈われわれの考えでは、ソシュールは根底に論理的なものを想定しようとはしなかった。逆に、彼にとって、言語体系・規則は、本来的に混沌《こんとん》かつ過剰なるものを統御《とうぎょ》するものにほかならない〉（*12: 161）。「言語の恣意性」は、記号（シニフィアン）と概念（シニフェ）の表象関係の恣意性のことではなく、恣意性は「生活世界」のカオスを「意識に問う」ことの困難そのもの＝「純粋疎外」であり、目的論的な統合はつねに解体の縁にある。「自己言及的な形式体系」、自己差異化の運動性の「無‐根拠性」はその過剰性＝決定不可能性に拮抗している。そのカオスに留まることによってのみ「形而上学」が回避されるのである。

「形式化」の狡知によってポリフォニックな反復が織りなされた

この「形式化」は、柄谷においても、文字通り「内省と遡行」を呼び込んだ。それは、二〇〇〇年の『原理』から、翌年に最初の版が出た『トランスクリティーク――カントとマルクス』、二〇〇三年のＮＡＭの挫折を経て、二〇〇六年の『世界共和国へ』、二〇一〇年の『世界史の構造』、二〇一二年の『哲学の起源』、二〇一六年刊行『憲法の無意識』、二〇一九年の『世界史の実験』にいたる「交換様式」へのポリフォニックな考究をめぐる差異と反復の継続である。交換様式A、B、C、Dの順序の構造（＝共時性）は、「歴史」の線形性からは逸脱し、「形式化」の思考によって、分裂生成（自然成長性）する出来事において攪乱された。

〈かりに経済的な問題を論じるとすれば、われわれはいわば「貨幣の形而上学」について語るだろう。それは、プラトンがいようといまいと、西洋哲学がどうであろうと、世界的に現実的に存する強力な「形而上学」なのだ。そして、その場合もわれわれは、歴史的・発生論的に語るかわりに、形式的に語るだろう。それは、どんな領域の問題も形式化されうるからではなく、また形式的なものが〝普遍的〟だからでもない。それは、たとえば「存在」というタームによって特権化されてしまう言説の領域を非特権化するためにほかならない〉（*12: 177）。

「一般的等価形態」を倫理的＝経済的に世界へ媒介しようとするNAM（LETS）の組成は、ここから始まったのである。いいかえると、NAMの挫折によって「物自体」としての国家に遭遇した柄谷が、アソシエーションをXへと潜伏させただけではなく、後期フロイトを倫理性の先端に呼び戻し、国家の「無‐根拠」を差異と反復の運動性のなかに布置した契機は、この「形式化」以外ではない。『トランスクリティーク』は「カントとマルクス」と副題されたが、浅田彰によって「驚くべき敗北（戦争）の記録」と評された『内省と遡行』の思考の持続は、「交換様式」をめぐる一連のポリフォニックな反復の言説、あるいは、「カントとフロイト」というもうひとつの「トランスクリティーク」を形成したのである。

スラヴォイ・ジジェクは『トランスクリティーク』に言及して、柄谷の視差的視点に注目しつつ、〈価値は即座に「ある」ことはない、それは唯一、「あるであろう」。それは遡及的に実現され、遂行的に成立するのである。価値は、生産において即自的に生み出されるが、その一方で価値は、完結した流通過程をとおしてのみ対自的に価値となる。これが、柄谷が、生産過程において生み出されると同時に生み出されない価値のカント的アンチノミーを解決する仕方である〉（*13: 128）と述べた。

「生み出されない価値」をイデアルに生み出す「命がけの飛躍」とは何かがここで明らかになる。むろん、それを交換（流通過程）という類的必然に限定して語るだけでは足りない。「生み出されない価値」を生み出すのは、被覆された「最高善」（のアンチノミー）、背理としての欲望、交換様式Ｄである。アダム・スミスが富の源泉として措定した「道徳感情」は、カント的な「目的の国」（「世界共和国」）において「反復強迫」として回帰する何かに相当する形態であり、その何かは特定しえない。「交換様式」は、自らの攻撃性がオフセットされる志向的な遊動の場を表徴する。それを追走する柄谷行人の考究の反復は、「形式化」の狡知に自らを委ねずにはいないはずである。

＊

1　柄谷行人『トランスクリティーク――カントとマルクス』岩波現代文庫、二〇一〇年一月

2　柄谷行人他『ＮＡＭ生成』太田出版、二〇〇一年四月
3　柄谷行人他『原理』太田出版、二〇〇〇年一一月
4　柄谷行人『世界共和国へ』岩波新書、二〇〇六年四月
5　柄谷行人『柄谷行人インタビューズ2002－2013』講談社学芸文庫、二〇一四年三月
6　柄谷行人『世界史の構造』岩波書店、二〇一〇年六月
7　柄谷行人『「世界史の構造」を読む』インスクリプト、二〇一一年一〇月
8　フロイト「人間モーセと一神教（抄）」、『幻想の未来／文化への不満』（中山元訳）所収、光文社古典新訳文庫、二〇〇七年九月
9　フロイト「不安と欲動の生」、『人はなぜ戦争をするのか』（中山元訳）所収、光文社古典新訳文庫、二〇〇八年二月
10　柄谷行人『憲法の無意識』岩波新書、二〇一六年四月
11　吉本隆明『心的現象論序説』（『吉本隆明全著作集10』）勁草書房、一九七三年一一月
12　柄谷行人『内省と遡行』講談社学術文庫、一九八八年四月
13　スラヴォイ・ジジェク「視差的視点」遠藤克彦訳、「現代思想」二〇一四年一月臨時増刊号

第7章

「交換」、あるいは出来事のゼロ地点

二〇一六年の出来事の背後にあるもの

二〇一六年、大方の予想を覆す二つの出来事があった。一つは、六月に行われた英国の国民投票でＥＵ離脱支持が残留支持を上回り、二年をかけて離脱することが決まったことである。この事態による地政学的な不透明性を懸念した為替、資本の市場では、ドルやユーロが売られ、当時はリスク回避通貨という位置付けにあった日本円が急騰し、金利が上昇した。また、議会の安定化を狙って国民投票をけしかけた当事者である首相のキャメロンは辞任に追い込まれた。

だが、英国と大陸ヨーロッパとのクラックは今に始まったことではない。ヴァレリーがヨーロッパをユーラシア大陸の半島に過ぎないと言って（ヨーロッパ）精神の危機を喧伝したときも、ハイデガーがヨーロッパは万力に挟み込まれていると危惧した時も、英国は「ヨーロッパ」から外されていた。そこまで遡らなくても、二〇一一年一二月のＥＵサミットにおける財政規律の統合をキャメロン政権の英国だけが拒絶している。シティ（ロンドンの金融街）をめぐる規制と金融緩和との衝突という実利が作用しているが、より深いところで米英枢軸と大陸ヨーロッパとの対抗関係や全「ヨーロッパ」をめぐる英独のせめぎ合いが伏在するのである。

ドイツの権勢を懸念し今回の事態を予測していたエマニュエル・トッドは、英国人はドイツ人に従う習慣がなく、ドイツ的ヨーロッパよりダイナミズムを維持している「英語圏」、つまりアメリカやカナダなどの旧イギリス植民地である「大英帝国」の領域に親和すると述べ、アメリカの覇権はこの出来事を契機に更に低下すると論評した(*1)。また、保守的英国人にとって、今日のヨーロッパ大陸にはバルカンの亡霊が跋扈しており、EU本部の所在するブリュッセルは新たなイスタンブールであり、自由を脅かす専制政治の帝都だという判断が潜んでいる。そのように、英国のEU離脱は、過去および未来の世界史のテキストに折り込まれていたのだ。トッドは、それでも、離脱にかかわる諸問題を解決して軌道に乗せるには、最短で一〇年、あるいは一世代(三〇年)を要すると述べたが、その通り、離脱時限の二〇一九年三月二九日が議会の否決で延期となり、テリーザ・メイは辞任を表明、七月に欧州懐疑派のボリス・ジョンソンが新首相に就任、離脱の去就は依然不透明である。

それでも、英国国民投票の結果に市場一般は驚き、ある意味で失望し、リスクが拡大していると認識したのは、大方の予想の背後にリスク・オフ(リスクを積極的にテイクしない)の志向性があるからだ。過去および未来に亘る世界解釈よりも、米国とロシアに挟まれた半島としての全ヨーロッパが飛び地のような英国を含むかたちでヘゲモニーを維持することを、線形的な変動を黙契とする市場経済の参加者が期待し、その期待が予想のマジョリティという最低限の牽制を試みた。だが、その牽制には根拠も自立性もなかった。予想のマジョリティは、それが外れた場合に生じるであろう非線形的な市場の混乱というリスクのイメージに依存したに過ぎない。リスク・オフはリスク・オン(オフの逆、リスクをテイクする)と張り合わされて、初めて全体を形成する。この場合、可能的なリスクが意味形成力を担ったのである。

同じように、同年十一月の米国大統領選挙でドナルド・トランプがヒラリー・クリントンを破り次期大統領に決まったという二つ目の出来事も、大方の予想が外れた場合のリスクによって意味づけられ、例えば、日本の現政権は狼狽したまま、まともな対話のプロポジションを構想できなかった。つまり、具体的なリスク・シナリオを殆ど誰も想定していなかったことが明らかになり、予想のマジョリティもその丸腰を指弾するキャパを持たず、その後の辺野古問題、F35A購入などに象徴される対米従属の惨状はここで言及するまでもない。

ところで、二〇一六年九月のディベート以前に、映画監督のマイケル・ムーアはトランプの勝利を断言していた。中西部でトランプが競り勝つ、白人男性の鬱積、ヒラリー・クリントンの基本的な不人気、サンダース支持者票の動向、ジェシー・ベンチュラ（プロレスラー出身のミネソタ州知事）現象の再現というムーアの分析のポイントは緻密で説得的だったが、当時は注目されなかった。しかし、特に、白人男性の怒り、ジェシー・ベンチュラ現象の二点は、メキシコ国境に壁とかイスラム教徒の入国審査厳格化とかTPP否認などのトランプの幼稚な公約への解釈よりもずっと内在的だった。つまり、それくらいに米国は疲弊し、もはやポリティカリー・コレクトで虚飾する余裕などないのである。政治的なコレクトネスではなく、投票行動はシニシズムを裏切った。

その意味で、トランプの勝利の意外性は、英国のEU離脱が離脱しないという予想のマジョリティに張り合わされた可能的なリスクの意味作用とはやや異なっている。英国は歴史的に既にEUから離脱しており、今回の投票では、リスク・オフが仕切っていた予想のマジョリティが前提とする因果律が脆弱であったということだ。これに対して、トランプの勝利は、プロレスラーあるいはジョン・ウェインのような破天荒なマッチョを呼び出さねばならないくらいに、政治というものの現実世界への順当な回路としての効力が償却され尽くしたことの現象である。だから、政治はフロンティアのような偶発的な混沌へと退化することは避けられない。

この非政治的、偶発的な混沌は米国のドメスティックな政治シーンに被覆されているが、トランプへの非政治的な期待は、かつてレーガンが冷戦終焉の立役者と評価されたように、トランプがブッシュ・ジュニア以来の米国の軍産複合体支配を断念させるというグローバルベースの可能的な評価に釣り合っている。トランプのプーチンへの親近を考慮して、ロシアを敵視していたドイツやフランスが対露協調に転換し、やがてNATOが自壊するというシナリオは十分に現実的だ。オバマが正攻法ではどうしても実現出来なかった目標を、トランプはレーガンの「後継」として無作為にやり遂げてしまうという可能性はあながち否定出来ない。

その後、マイケル・ムーアは長篇ドキュメンタリー「華氏119」（全米公開二〇一八年）を撮り、ミシガン州フリント市の水質汚染問題や高校生によって主導された銃規制をめぐる全米デモなどのエピソードを交えながらトランプ政権の専制体質を批判した。だが、実質的には、そのフィルムで「アメリカを偉大に」と連呼するトランプらの焦燥を隠さない表情から、アメリカが、もはや修復不可能なほどに頽廃し、弱体化した様相が浮き彫りになったはずである。

「形式化」と「交換」

この無作為は、ヘーゲルが「歴史哲学」で世界史における主観的意志の闘争を超越する理性的意志の位相を描いた「理性の狡知」の自己展開というべきだろうか。フランス革命がナポレオン・ボナパルトの帝政を析出したように、オバマ政権の八年がレーガンの後継のようなトランプを生み出した。だが、英国のEU離脱が、既に歴史に書き込まれていた出来事から偶発的に分節されたリスクの表象に過ぎないように、トランプの勝利は、非政治的なモメンタムが政治のコンテクストに混入した偶発性において、「歴史」の「本質」(ヘーゲル的な理性の自己展開)からは疎隔しているはずである。

いまや、覇権国家の大統領選挙だからといって、ヘーゲル的な「歴史」の本質に関与するとは限らない。〈**未来**によって生み出される運動、——これは**欲望**から生まれる運動である。(中略)ヘーゲルは、他者の**欲望**に向かう**欲望**は、必然的に**承認**を求める欲望である、——**主**を**奴**に対立せしめ、——**歴史**を生み出し、(**充足**によって決定的に廃棄されぬ限り)**歴史**を動かす**承認**を求める**欲望**であることを示している。したがって、**未来**が優位を占める**時間**は自分自身を実在化することによって**歴史**を生み出すことになる〉(*2: 202)というアレクサンドル・コジェーヴのヘーゲル読解にある歴史を生み出す者の条件を誰が満たすのか。承認を欲望する人間の「現象」には、不動産を転がして巨利を得たトランプに準えずとも、ただ「交換」だけが代置されうる。EUもまた、通貨や域内関税を含む「交換」をめぐる統合のフレームワークである。ヘーゲル的な歴史的存在者、あるいは、歴史の本質を担う人間は「交換」の遍在とともに消滅したのだ。

従って、「理性の狡知」に対して、「交換」によって動物性と自然性を内在的に拡張した人間によるもう一つの「狡知」が想定されるとすれば、それは、理性的意志の実践主体である歴史的存在者による歴史の本質の完遂ではなく、承認欲求や自然性によって反復（永劫回帰）される構造的（形式的）な世界像であると考えられる。柄谷行人が、『世界史の構造』以降の「交換様式」論の展開のなかで「理性の狡知」に対置した「自然の狡知」は、ヘーゲル的な本質論では対応困難な現代世界の課題への画期的なアプローチに違いないが、ヘーゲルを異化したかたちで人間の動物性と自然性が復権されたというコンテクストにおいてバックアップされるのは大凡その半分であろう。この場合、「闘争」や「欲望」が「交換」へと「歴史的」に揚棄されたということではない。また、かつてボードリヤールが述べたように、「生産」が終焉して「消費」に制覇された世界の象徴として、「交換」が、際限のない蓄積の合目的性と共犯的な経済学に死を宣告するということでもない。「闘争」および「欲望」をともに「交換」として統覚する位相として世界と世界史が成立するということだ。柄谷が「交換」を下部構造だというのは、その意味である。

残りの半分は、「歴史」を、理性を絶対化するための跛行的な囮として理性に服従させるのではなく、カントが人類における「完全な市民的連合」のための「自然の計画」の試行のフレームとして「永遠平和」に先立って提示した「普遍史」を実践する人間の属性としての「自然」として捉えることである。柄谷行人によれば、この「自然」は、「目的の国」である「世界共和国」への道程の必然性と、人間の本性としての「非社交的社交性」（攻撃性、戦争）という両義性を帯びる。〈このような逆説的・弁証法的な考え方は、ヘーゲルの「理性の狡知」に対して、「自然の狡知」と呼ばれることがあります。しかし、「理性の狡知」が神学的議論の言い換えにすぎないのに対して、カントの「自然の狡知」は唯物論的なものです。だからこそ、それは後期フロイトの認識を先取りするものとなりえたのです〉（*3: 100）。

　永遠の平和を完遂する主体は、実は人間ではなく「自然」であるというカントのペシミズムは、唯物論的であるとともに非本質的、構造的である。いいかえると、「普遍史」における出来事は、通時的な因果関係の連鎖から断ち切られており、後期フロイトの反復強迫のように「原父殺し」が掟へと偶発的に転じた表象（何もないところから現れる倫理的な何かの強度）に等しい。抑圧されていた原初的な攻撃性は、弱体化した「本質」の防衛機制を破って超自我の世界模型を析出するのである。

　ところが、柄谷行人は、「交換」の内在的な原理を問うことによってではなく、「交換様式」の複合（変形と接合）の推移を構造的に捉えることによって、超自我の世界模型として立ち現れうる「普遍史」を「世界共和国」を析出するための社会構成体の変遷（「歴史」ではない）として描き出そうとした。だから、〈交換といえば、商品交換がただちに連想される。商品交換の様式が支配的であるような資本主義社会にいるかぎり、それは当然である〉（*4: 8）という以上の説明はない。「形式化」において、自己言及を呼び込んでしまう定義は無用なのだ。一方、「交換様式」について、マルクスの史的唯物論の中枢のジャルゴンである「生産様式」の認識上の欠落を指摘するかたちで、〈たとえば、原始氏族的生産様式という場合、それは狩猟採集というようなこと——人間と自然の関係——を指すのではありません。それは、生産物が互酬によって全員に配分されるような生産の様式——人間と人間の関係——を指します。であれば、それは生産様式というよりも、「交換様式」と呼ぶべきだと思います〉（*5: 21）と述べる。カントは「普遍史」の稼働主体を「自然」と呼んだが、柄谷は「形式化」を探究するにあたり、「人間」を呼び戻している。

ここには、「形式化」の意志が二重に作用している。まず、「生産」（「労働」と「欲望」その他）は、大岡昇平の原作に痛烈な解釈を加えた塚本晋也の「野火」で戦場のジャングルが過剰な「交換」の場として現れるように、すべて「交換」へと包摂される。次に、語られるべきことが「交換」そのものではなく「交換」・「様式」であることである。「交換」は、「形式化」の鏡のように現れるが、「交換」・「様式」と言われることによって、すぐに「様式」＝「形式」のサブジェクトへシフトする。互酬、略取—再分配、商品交換、Xという「様式」にそれぞれ符合するミニ世界システム、世界＝帝国、世界＝経済、世界共和国という社会構成体をめぐって、〈私が目指すのは、複数の基礎的な交換様式の連関を超越論的に解明することである。それはまた、世界史的に起こった三つの「移行」を構造論的に明らかにすることである。さらに、そのことによって、四つめの移行、すなわち世界共和国への移行に関する手がかりを見出すことである〉（*4：44）と述べる柄谷において、〈形式化は、指示対象・意味・文脈といった外部性を還元し、意味のない恣意的な形式的関係（差異）と一定の変換規則（構造）をみることである〉（*6：138）という「形式化」の意志は保存され賦活される。「本質的な何か」や根源への問いが形而上学を形成するアポリアの乗り超えを試みた「言語・数・貨幣」（一九八三年公表）が四半世紀を超えて受肉の端緒にあると言うことが出来る。

「形式化」か「本質」の遂行か

柄谷行人が「形式化」についてまとまったかたちで最初に論じたのは、一九八一年九月公表の「形式化の諸問題」である。そこでは、「形式化」について、マルクスは「貨幣（交換）の形而上学」で「形式化」を導入したが、「交換」という場の自己言及的なパラドクスのため「決定不可能性」に陥った姿が描かれた。それを引き継いだ一九八三年公表の「形式化と現象学的還元」では、レヴィ＝ストロースの形式体系に張り合わされた「無－根拠性」と、「根源」の拒絶というデリダの戦略に言及しつつ、その「形式化」の戦略がすぐに特権化（本質化）されてしまう凡庸さへの対抗的な自覚を強調したところで途絶した。

柄谷は、「形式化」をめぐる思考が「言語・数・貨幣」まで来て情熱が失われ中絶され、本人はアメリカに逃げたという件《くだり》を一九八五年五月公表の「批評における盲目と明視」と題された対話で先ごろ惜しくも他界した加藤典洋に開陳している。この対話は、批評家の自己意識〈社会性を帯びることへの反発〉について加藤が独白するようにして始まり、その気分の「落ち込み」をめぐって、最初は素っ気なく聞き流していた柄谷は、やがて、七〇年代初頭の連合赤軍当時の何事も「カッコ」で括ろうとする日本の言説空間の自閉性に触れ、批評とは「カッコ」を外し、システムの外に出ることだと語り始めた。

埴谷雄高を、「自同律の不快」は「自己差異化」のナルシズムであると批判し、吉本隆明について、自分は五〇年代の彼の延長線上にいるが「いまの仕事は困るんだ」という慷慨も現れた。また、「亡命の用意」という一つの批評態度の選択や形式体系を内部から爆破するという比喩を持ち出して批評家には度胸がいるというふうに忌憚を崩した。加藤が〈明視のなかにというか、明視の果てに盲目があって、盲目の果てに明視を見るというところまで、柄谷さんは行かれている〉(*7: 94)とエールを送り、対話は、批評家であることの相互の課題の中心をリスペクトし、本音のコミュニケーションに旋回したと思われる。繰り返すが、この対話で柄谷が腹を割るように語った「形式化」の挫折は、四半世紀後の『世界史の構造』で蘇生し、「交換様式」として賦活された。

だが、周知の通り、柄谷行人と加藤典洋の批評家、言論人としてのポジションはいっかんして対立的だった。知る限り、正面を切って論争されたことはないが、加藤はデビュー当時から柄谷や浅田彰のポスト・モダン思想の輸入に批判的であり、かたや柄谷はある座談では偽悪的に加藤を「全共闘崩れ」と見下し、ラカン的なねじれ（例えば、「抑圧の不在」が抑圧に抵抗する者を抑圧するという構造）を敷衍して加藤の「敗戦後論」の情念的な論調を揶揄したこともある。

確かに、批評のタイプは対照的である。同時多発テロをめぐる二〇〇二年の吉本隆明との対談では、吉本から「存在倫理」（人間が存在すること自体によって喚起される倫理）というジャルゴンを引き出し、第5章で触れたように震災後は反原発の立場で渾身のフィールドワークを遂行した加藤典洋は、「戦後」の現実の総体的状況における「本質」を追求した。一方、柄谷は例えば、『憲法の無意識』で、憲法九条をめぐってフロイトの反復強迫論を導入しつつ〈九条における戦争の放棄は、国際社会に向けられた「贈与」なのです〉（*3: 129）という斬新な見解を表明したが、それは、「交換様式」をパラメーターとして「世界共和国」、「世界史」、「帝国」を「構造」の側から考究し、国家の揚棄を図る超越論の持続が「形式化」を重層的に反復することによって析出した超越論的な「現実」だということができる。

ここで、問題は、批評（思想）が取り組むべき「現実」というものの位相とは何か、「現実」を迎撃する強度はどのように培われるか、「現実」として生起する「出来事」に批評（思想）はどうコミットするか、ということになる。そのコミットメントこそが、全現実への否定性あるいは脱構築性を呼び込むかたちで「批評性」として現れるはずである。柄谷と加藤の対立は、個々の状況的な事象に関してプロスかコンスかということとは異なる。また、価値判断というプロセスの有無や、プラグマティックかそうでないかということでもない。より柄谷行人にフォーカスするなら、「交換様式」をめぐる「形式化」の実践、自らを世界というテクストにおける意味の「決定不可能性」に追い込むこと、「本質的な何か」をめぐる構図を覆すアプローチに、全現実からの召喚がありうるのか、と問うことになる。

加藤典洋は「提案」し、柄谷行人は「発見」する

憲法九条、反原発などの事項について、柄谷と加藤の批評性のコントラストは明らかである。例えば、一九九一年一一月の講演で柄谷は、憲法九条が外的強制であることについて、〈この九条は、あとから日本人によって「内発的」に選ばれたものです。「あとから」ということが、大切です。「最初から」であれば、それはとうに放棄されています。私が主体的とか自発的という言葉を信用しないのは、このためです〉(*3: 191, *8: 199) と述べ、自衛隊の海外派兵について〈こういう状態は危険です。自衛隊を文字どおり「自衛」に限定されたものとして憲法上確認すべきだと思います。いうまでもなく、それは現憲法を「原理」として確立するためです。(中略) それが「強制」によることこそがその普遍性を証明するのです〉(*8: 202) と判断を明示した。

一方、平和条項をめぐる護憲と改憲の議論について、加藤典洋は、一九九五年一月発表の『敗戦後論』で〈わたし達は「強制」された、しかし、わたし達は根こそぎ一度、説得され、このほうがいい、と思ったのである。とすれば方法は一つしかない。強制されたものを、いま、自発的に、もう一度、「選び直す」、というのがその方法である〉(*9:22)と記した。

趣旨としては、両者とも平和条項を「原理化」しようとしている。だが、加藤がその根拠を主体性(自発性)に置いたのに対して、先行する柄谷は「強制」(表象としての服従あるいは、ラカン的相互受動性から〈大文字の他者〉へ)から普遍性を逆証しようとした。加藤が平和条項をサブジェクトとして「主体性」を確保しようとするのに対して、柄谷は「普遍性」を確保するべく出来事の順序構造を転倒するのである。先に触れたように、「強制」が逆証した九条の普遍性は、『憲法の無意識』では、国連がその実行を宣言することによって「純粋贈与」としての力を得るというイメージへと亢進される。

では、その国連についてはどうか。柄谷の普遍志向は、〈つまり、カントがいう諸国家連合は、本来、平和論ではなく、市民革命を世界同時的なものにするために構想された。このことに気づいたとき、マルクスがいう「世界同時革命」と、カントがいう「諸国家連邦」が僕の中でつながったのです。カントの「永遠平和」という理念は、国家と資本の揚棄を意味します〉(*10:221)という発言に集約される。「非社交的社交性」においてせめぎ合う国家が統整的理念としての「世界共和国」を析出する「自然の狡知」が「世界同時革命」と交差する普遍イメージが生成する超越論的主観のドラマツルギーといいうる。

加藤典洋の国連へのスタンスは、ドメスティックかつ現実主義的なものだ。すなわち、〈私が、いま考えるのは、この四六年の憲法審議のうちに現れた第三の道——国連中心主義のうちに憲法九条の理念の実現の回路を見出す——を手がかりに、国際秩序から孤立するのとは逆に、国際秩序の構築に積極的に関与することで、対米自立を成し遂げるという提案にほかなりません〉(*11: 418)と記されるように、何時までも続く「戦後」と「対米従属」を、「憲法九条」の理念を媒介にして国連中心主義へとキャリーすることで終息させるということである。

ここで、柄谷の普遍主義と加藤の局地主義のコントラストは際立つ。と同時に、国連の可能性をめぐって、両者は接近遭遇している。ただ、批評活動の端緒から日本という局地に立ち続ける加藤にとってのメルクマールだった「アメリカの影」は、柄谷にとっては、一八七〇年代以後の帝国主義が復元された「新自由主義」のなかに解消しているのである。

つまり、加藤は「提案」し、柄谷は「発見」する。

加藤にとって、批評(「提案」)の他者性は、彼が『敗戦後論』で言及した「ゲヘナで身を滅ぼす者を畏れよ」とアーレントが述懐した公共空間における可能的な「公民」への友愛というレンジに符合する。言論人としての影響力が高まっていた晩年では、政府の政策ブレーンも「提案」の射程圏《他者性》にあったと想定しうる。かたや、柄谷は、ハイデガーが芸術作品の根源を不伏蔵性に見出したように、現実が世界へ立ち現れる「形式」を単独的に見出すのである。第一次湾岸戦争時のインタビューにおける〈しかし、ぼくは、むしろ「戦前」の意識、今後に来るであろう「戦争」の前に立っているという意識なんです。(中略)われわれが今「戦前」に立っているのだとすれば、それに対して何ができるのかが問われているはずです。戦後民主主義を軽蔑しそれを乗り超えるという連中は、まだ「戦後」の意識のなかにとどまっていたいんでしょう。ぼくには、「戦後」の意識はまったくありません〉(*8: 234)という挑発的な歴史認識の転倒は、その当時も今も単独的であるに違いない。加藤典洋が多層的に内在化しようとする「戦後」認識の重厚なアルシーヴに対して、反世界からのエコーズのように反復される柄谷行人の単独性は揺らぐことが無い。

加藤典洋は『日の沈む国から』の第四章「「災後」のはじまり」で〈有限性と無限性の地と図の関係が反転すると、その先にやってくるのは、「無限性」と「有限性」それ自体の一対性であり、そこでは、「暗さ」はもはや暗さではなく、私たちがそこに生きなくてはならない薄暮であり、「明るさ」ももはや明るさではなく、私たちがそこに生きなくてはならない薄明なのだ。「祈念」と「配慮」とは、その「無限性」の希求、そして「有限性」の受容という対位の別名なのである〉(*12: 236)というメタフィジカルな総括に続けて、カンタン・メイヤスーの『有限性の後で』を詳しく紹介している。

メイヤスーの著作も併せて参照し、アウトラインを押さえてみる。カント以降の哲学思考は「相関主義」(思考と存在——祖先以前を含む対象性——の「相関」だけがアクセス可能であり、どちらか一方だけへのアクセスは不可能であることを前提とする思考傾向〉という「有限性」の「透明な檻」に閉じ込められている。例えば、〈超越論的主観がしかじかの身体をもつということは、経験的なことである。だが、超越論的主観が身体をもつということは、それが場をもつ＝発生するための非－経験的な条件なのである。身体とは、認識の主体の「前－超越論的 retro-transcendantal」条件であると言うこともできる〉(*13: 47) ように、超越論は「非－経験的な条件」に拘束されることによってのみ、その主体を措定しうる。「物自体」が無矛盾であり、それが確かに存在するというカントの「アプリオリ」は「相関的循環」であり、〈《究極の存在者》の絶対的必然性のテーゼも、また、あらゆる事物の絶対的偶然性のテーゼも、両方を無効にする〉(*13: 95) ことによって、「存在」の「真」の多数性を問うことが出来なくなった。「相関主義的コギト」を乗り超え、「別様である可能性」を思考に呼び出すのは「思弁的実在論」しかないとメイヤスーは述べる。

「有限性」は、「災後」に露出した「有限性の近代」であり、それと不可分である世界認識自体の「有限性」である。加藤は、そう記してはいないが、メイヤスーへの言及は明らかに柄谷行人への批判を伏在する。メイヤスーのカント批判は、そのまま、加藤において〈原発があるかぎり、われわれは、未来の他者であれ現在の他者であれ、「他者をたんに手段としてのみ扱っている」ことになります。原発だけではない。「他者をたんに手段としてのみならず同時に目的として扱え」という道徳法則は、資本主義経済においては成り立たないのです〉(*14: 212) と語る柄谷のカント的な思考フレームの批判へとドライブされてもおかしくはない。

どういうことか。二人の対話から四半世紀を経て賦活された「形式化」という「場」で「思考」が専横し、「存在」（対象性）との「相関」において、コギトの無限性が普遍主義として現れ、「存在」〈全現実〉がスコラ的一義性に収束してしまうという事態への異論に他ならない。

出来事〈全現実〉への回路

だが、メイヤスーに追い撃たれるのは、柄谷行人だけではない。加藤にとって、柄谷のいう〈戦前〉の思考が「大いなる外部」として意識の閉域を形成したであろうように、「戦後」（あるいは、その終わり）を前提（絶対的な対象性）として語ることの臨界、例えば、対米自立をドイツ的な「信頼圏」の導入によって乗り超えようとすればするほど批評の射程がドメスティックに錐もんでゆく症候をどうやって「直接性」へと切り返すのか。加藤のレファレンスには見当たらないが、柄谷行人を最強のレファレンスと位置付けるスラヴォイ・ジジェクは、『ポストモダンの共産主義』で、そもそも寄生的であるリベラリズムと原理主義が互いに相手がいなければ成立しないイデオロギーの悪循環を断ち切るには、「すべてを失う危険」にさらされ「思考による存在証明ほどにはかなげなプロレタリアート」をラディカルな概念に再構築すべきだと述べる。資本制国家を動かすラディカルな「外在性」は、自己革命を続ける流動体である国家と距離をとるのではなく、「国家自体を非国家モードで機能させることだ」と記す。

そのためには、自由の「形式性」をその「本質」の砦とすべきであるというジジェクは〈もしも——偶然に——ある出来事が起こると、そのことが不可避であったように見せる、それに先立つ出来事の連鎖が生み出される。物事の根底にひそむ必然性が、様相の偶然の戯れによって現れる、というような陳腐なことではなく、これこそ偶然と必然のヘーゲル的弁証法なのである。この意味で、人間は運命に決定づけられていながらも、おのれの運命を自由に選べるのだ〉（*15: 248）と言う。「抑圧されたものの回帰」が遍在する世界では、出来事には、出来事への欲望の連鎖が張り合わされている。「反復強迫」とはそういうことだ。出来事は欲望の対象性である限り、過去ではなく未来完了の時間に属している。だから、「アプリオリ」が措定する実践（倫理）は、〈時間を超えて未来に追いつき、向きあって、実現して欲しい未来がすでにそこにあるかのように、いま行動する〉（*15: 249）ために反復される「直接性」に他ならないのである。

＊

1　エマニュエル・トッド『問題は英国ではない、EUなのだ——21世紀の新・国家論』堀茂樹訳、文春新書、二〇一六年九月

2　アレクサンドル・コジェーヴ『ヘーゲル読解入門『精神現象学』を読む』上妻精・今野雅方訳、国文社、一九八七年一〇月

3　柄谷行人『憲法の無意識』岩波新書、二〇一六年四月
4　柄谷行人『世界史の構造』岩波書店、二〇一〇年六月
5　柄谷行人『世界共和国へ』岩波新書、二〇〇六年四月
6　柄谷行人『内省と遡行』講談社学術文庫、一九八八年四月
7　柄谷行人『ダイアローグIII 1984-1986』第三文明社、一九八七年一月
8　柄谷行人『〈戦前〉の思考』文藝春秋、一九九四年二月
9　加藤典洋『敗戦後論』講談社、一九九七年八月
10　柄谷行人『柄谷行人インタヴューズ　2002-2013』講談社文芸文庫、二〇一四年一二月
11　加藤典洋『戦後入門』ちくま新書、二〇一五年一〇月
12　加藤典洋『日の沈む国から』岩波書店、二〇一六年八月
13　カンタン・メイヤスー『有限性の後で』千葉雅也他訳、人文書院、二〇一六年一月
14　柄谷行人『政治と思想　1960-2011』平凡社ライブラリー、二〇一二年三月
15　スラヴォイ・ジジェク『ポストモダンの共産主義』栗原百代訳、ちくま新書、二〇一〇年七月

第8章
「形式化」と「出来事」の可能的な残余へ

「形式化」は偶有性の器である

もういちど。柄谷行人における「形式化」という思考のベンチマーキングによって起動された批評性が、文学を放棄する、あるいは、文学から離脱するシーンに目を凝らしてみよう。

それは、詩と詩論というミニマルな領域を含む文学批評の去就にもかかわるはずだ。ヘーゲル的な未来完了の時制を繰り込んで言うなら、文学批評が、「出来事」—到来するもの（全現実）に対して、つねにすでに無効であるのか、いまだ有効である兆しを未来に託し得るのか。全現実と文学の連関において、文学が「出来事」への欲望の表象（『アベセデール』の映像に現われたドゥルーズのように言えば、群れと配置の表象）として、依然として「自由」への逃走線を描きうるのかどうかは、文学批評、すなわち、作品を解釈するのではなく、作品を「出来事」の地平において出現せしめる批評が、自らの偶有性を世界の偶有性との均衡において明証しうるかどうかにかかっている。

つまり、世界には、必然性（相関性）が飽和してしまったらしい。「世界—への—関係」における理由律と法則と関係が必然性を前提としていることを批判するカンタン・メイヤスーは、「宇宙骰子」なるものまで持ち出して、「偶然の巡り会わせ」の必然性の果て、絶対的妥当性の崩壊から数学の絶対論的射程を導く。

〈偶然的なものとは、到来するものなのだが、それは、私たちに到来するほどに十分に到来しているものなのである。それは、要するに、何かが最後に到来するときを意味する〉（*1: 181）とメイヤスーは賭け《ゲーム》の終わりを告知し、〈いったいどうして、哲学は超越論的ないし現象学的な観念論とは反対の道を、すなわち数学がもつ非‐相関的な射程を——言い換えれば、思考を脱中心化する力として正当に理解された科学的事実そのものを——理解することが可能な思考の道を歩まなかったのだろうか〉（*1: 201）と問いかける。その思弁の意外なほどの一義性の背後にある「形式化」を、もういちど、見きわめねばならない。

前の章で、諸形式の事実性、表象に世界が与えられているという事実性の絶対性を主張する強い相関主義、「カント主義」への批判が、柄谷行人への批判を孕むと記したが、メイヤスーにおいて相関的循環を無効とする思弁の背後の「即自的な非理由」（*1: 95）は、ものごとの順序構造‐経験的な時空の序列の「分裂生成」を現前する「形式化」によって予め解かれていると考えられないか。もういちど引くと、柄谷が一九八三年に発表した「形式化と現象学的還元」は、〈形式化は、指示対象・意味・文脈といった外部性を還元し、意味のない恣意的な形式的関係（差異）と一定の変換規則（構造）をみることである。この還元において、どのような手つづきがとられても本来的に差はない。そのいずれにおいても、なんらかのかたちで、形式体系内部の自立性をめぐって、あるいは外部性をめぐって、パラドックスが見出される〉（*2: 138）と起こされた。「カント主義」以前の柄谷は、歴史的・発生論的に語るのではなく、言説がその存在論的必然によって自らを特権化しようとする機序を、人間が人間であることの「無‐根拠性」、「本質的な何か」に至ることの不可能性によって非特権化しており、「形式化」以降、柄谷の批評のベンチマーキングは、「外部」、「（下部）構造」、歴史意識（例えば、世界同時性）、地政学的構造などのジャルゴンと同期したはずである。

いいかえると、文学批評のマジョリティが特権的に拘泥してきた「内面」・「内容」、それ自体によって批評が自らを証し立てようとしてきた作品（形式体系）における必然性・宿命性の完遂という規範が、いっかんして相対化されてきたのである。「転倒」、「発見」というアクションは、必然化の言説が強制する順序構造を異化するための批評的アクロバシーとして現れた。

文学批評が作家の境涯を宿命化・必然化して語るプロトタイプは、例えば、吉本隆明の『高村光太郎』（一九六六年）から『悲劇の解読』（一九七九年）に亘る作家論をはじめ「試行」の執筆者（磯田光一、桶谷秀昭、梶木剛、芹沢俊介ら）などによる重厚な順序構造（情況性）の集積がある。「内省と遡行」、「言語・数・貨幣」を書き継いでいた柄谷行人が、ほぼ並行的に、風景、内面、児童の「発見」、あるいは、告白や病の意味性や制度性から「日本近代文学の起源」を「日本」、「近代」、「文学」の布置をすべて相対化するかたちで提出したとき、「必然を騙る」という戦後文学批評の暗黙の条理が内在的にチャレンジされたはずである。例えば、ダ・ヴィンチの「モナリザ」について、〈「内面」がそこに表現されたのではなく、突然露出した素顔が「内面」を意味しはじめたのだ〉（*3: 68）と述べ、〈風景がいったん眼に見えるようになるやいなや、それははじめから外にあるようにみえる。ひとびとはそのような風景を模写しはじめる。それをリアリズムとよぶならば、実は、それはロマン派的な転倒のなかで生じたのである〉(*3: 29)と記し、作家たちが幼年期に遡って「自己」に関する物語を精神分析的に騙るヒロイズムを〈われわれに隠されているのは、精神分析をも生みだしているところの制度なのである〉(*3: 162)と超越論的に対象化して見せた柄谷は、それらの文学の表象に張り合わされた必然性の節話をすべて「形式化」によって偶有性に還元しようとしたといいうる。

そのポジションは、「カント主義」以降、すなわち、二〇〇〇年の『倫理21』、『NAM原理』刊行以降も変わることはない。柄谷は、ヘーゲル的ダイアレクティークからカント的実践理性へ非連続的にシフトしたのではない。まず、カントの倫理学における転換、すなわち、カントが道徳性を善悪ではなく「自由」の問題として捉えた転換に注目した。従来の規範的倫理学の他律性に対してカントは道徳性を「自由」であることだけに見出した、と柄谷は言う。〈自由がないならば、主体が無く責任がありえない。そこには、自然的・社会的な因果性しかない〉(*4: 75)というニーチェをも包み込む自己原因的責任倫理の「発見」はカント理解の刷新以外ではない。

かたや、柄谷は、カントの定言命法のエッセンスである「他者を手段としてのみならず、同時に目的として扱え」という件《くだり》をめぐって、社会的相互依存の実情、資本主義の分業関係において考えるとき、他者を手段としてでだけはなく目的として扱うことが、生産関係の総体に及ぶことを強調した。〈マルクスのコミュニズムがカントの延長として必然的に出てくる〉(*4: 184)、つまり、コミュニズム〈革命〉の問題が「未来の他者」に亘る倫理的課題として再定義されるのである。

ここから二〇〇一年公刊の大著『トランスクリティーク』のモメンタムまでは一歩である。自由な意志とはなにか。自由な選択の自覚の背後で、原因に規定されていることが認識から隠されている。自由な「他者」は、「自由」を問い、命じるコンテクストにおいて現れる。「人格」、「他者」、「手段」、「目的」をめぐる道徳法則（定言命法）に関して、柄谷は、〈他者の人格（主体）が人格としてあらわれるのは、このような「義務」（「自由であれ」──引用者）によってのみであるということだ。理論的な態度においては、私の人格のみならず他者の人格も存在しない。私の人格と他者の人格（自由）が出現するのは、実践的な態度においてのみである。だから、カントの道徳法則は実践的であれということと同義である〉（*5: 175）と記す。理論（形而上学）ではなく、自然必然性における実践において「自由」が現れる。「目的の国」が、ネーション＝ステートの堆積ではなく、「世界共和国」（革命）として実現＝実践されねばならないように、道徳的次元は、そのまま、政治的行動の次元でもある。

このように、柄谷によって、カントは過剰なくらいに流動化されている。メイヤスーが、形而上学の崩壊を露呈させ〈相関的な認識を、哲学的に正統なものとみなされる唯一の認識形態へと変えた〉「カントという出来事」（*1: 209）は、すでに、偶有性に召還されていたのである。

偶有性とは主体性であり、カントによって、ヘーゲルの「理性の狡知」が「自然の狡知」に遡行されたとき、「人間の自然的素質としての非社交的社交性」（*4: 133）＝「死の欲動」・「攻撃性」（フロイト）が道徳法則（「目的の国」）の原基となるという逆説、〈後期フロイトは、超自我を社会的な規範を内面化したものであるだけでなく、死の欲動（攻撃性）が自分の内に向かったものだと考えた。それと同様に、カントは、永久平和が、攻撃性の発露の結果として、それが内向化したときにもたらされるだろうと考えた〉（*4: 134）という逆説において、カント―フロイト―マルクスのミッシング・リンクの結ぼれが一気に現れる。

パラドキシカルな思想言説の複数性の背後にある「分裂生成」が「順序構造」を攪乱しながら、シンクロニシティを形成する「形式化」の描線は、同様に、『帝国の構造』においては中心・周辺・亜周辺という地勢・地政の布置を、『哲学の起源』においてはイオニア・イソノミア・非支配の不可能性を「発見」したのである。

文学からの離脱の喫水面

その一方、「形式化」の逆説に準じるように、柄谷行人は文学批評から離脱した。いや、一九九〇年代の後半からの柄谷の文学離脱のアナウンスメントが「柄谷行人」のシニフィアンとなった。しかし、何時、どんな風に？　柄谷行人における文学（批評）のバニシング・ポイントとは？　それを考えあぐねて、暫時が経過したところ、二〇一七年の終わりになって、『坂口安吾論』、『柄谷行人　書評集』が、翌一八年六月には『大江健三郎　柄谷行人　全対話』（以下、『全対話』）が立て続けに刊行された。初出に関して言えば、坂口安吾に関する文章は大半が大凡二十年前のものであり、大江健三郎との対談は、一九九四年、五年、六年のものであり、書評集に至っては、三部立てでそれぞれ編年の形態を採っているが、一番古いもので、一九六九年の書評が収められている。

　つまり、この三冊は、テクストとして、二つの日付を持っている。それぞれの文章が公表された日付と、エディターシップが誘導し、著者柄谷の同意を経て公刊というプロセスが完了したことを証す日付である。後者の日付は、言説のアクチュアリティ、出版市場における公刊＝交換価値、公刊の文化的意義性などの複層的なパブリシティ判断を反映している。他にも、『柳田国男論』（二〇一三年一〇月刊行）や『柄谷行人　初期論文集』（二〇〇二年四月刊行、のち『思想はいかに可能か』として二〇〇五年四月再刊）など柄谷の若年の論文を集めた書物がいくつかあるが、近刊の三冊は、趣が異なる。それは、柄谷のテクストの堆積を踏まえたジャーナリズムからの公刊打診があり、柄谷自身は、これらの初出について、いったんは「ほとんど忘れていた」、「よく覚えてもいなかった」、「読み返すのもおぞましい」とリアクションする。だが、柄谷はテクストのアクチュアリティを確認して、エディターシップに同意し、奥付の日付を持つ新著というマインドセットで公刊に臨んだ形跡がある。

　この公刊にいたる柄谷の揺動には、単に過去の文章を相応のテーマで括りだして一冊にまとめるということ以上の、思想行動にかかわる「事後性」が現れている。思考は、出来事における「事後性」を担いうる。「出来事」を「後から」考え、統整的に統覚することは、ラカンのように言えば、「現実界」（柄谷の過去の文章は、一度は象徴界に在ったはずだが、それらがほとんど「忘れられた」ことにおいて

「現実界」に押し返されたと言いうる）におけるむき出しの事柄が言葉の世界にシフトし、事後＝視差《パララックス》＝差延を駆動して、抑圧されたもの（覚えてもいないもの）が回帰し、反復して、「出来事」において「隠されていたもの」が見出されるということだ。

『全対話』の序文で、柄谷は、対談を読み返して、米ソの二元的対立の終わり、「歴史の終焉」における、新たな帝国主義時代到来という対談当時の予兆に加えて、それらとは異質な「終り」を見出したと記している。〈それは「文学の終り」という問題である。むろん、それは近代文学の終りという意味である。近代文学とは、私の考えでは、小説のことである。それは詩や物語と違って、近代に発生した文学のジャンルである〉（*6: 2）。「戦後の文学の認識と方法」と題された一九九六年の対談で、まず大江健三郎が江藤淳などを引き合いに出しつつ日本文学の普遍志向の欠如を指摘し、柄谷も中上健次さえもが美的な対象に留まっている逆オリエンタリズムの実情に敷衍、戦後文学の可能性と限界性を語り合いながら、大江は〈本当に文学が必要で意味ある時代に自分が引っかかっていた、それを信じて作家活動をしていたのは、『万延元年のフットボール』のころで終わりじゃなかっただろうかという気持ちがあります〉（*6: 108）と述べる。

この発言がトリガーになり、「あの時期」、「構想力」（カント）＝「想像的統合」（感性と知性の綜合）を成し遂げるのは小説以外になかった（*6: 112）が、〈知的なエネルギーの場所、知的な関心の場所が、文学の創作の場所から別のところに離れて、文学の研究に至る〉（大江）（*6: 126）という「文学一般の衰退」、「小説」という形態がグローバルにも終わっているという「終末感情」で二人は同調する。序文で、柄谷は、〈私が哲学でも社会科学でもなく文学批評に向かったのは、一口でいえば、「小説」があったからだ。そこには、何か未曾有の正体不明の力があるように見えた。小説は何もかも入る容器のようなものだ。自分の存在（実存）も社会も宇宙も。（中略）「小説」が終ると、「批評」の存在理由もなくなってしまう〉（*6:3）と述懐する。「小説」は近代の器だというのだ。

しかし、この「終り」の画定こそが、「形式化」の実践なのである。いいかえると、偶有的な世界において、到来するものは、最後に到来するときにこそ、（私たちに）十分に到来する。文学＝小説は、それが「終り」であることにおいて、柄谷行人の「形式化」の歴史認識の布置に到来する。

二〇〇四年に公表された『近代文学の終り』では、小説の「未曾有の正体不明の力」は、小説の重要な地位における近代文学の特質と言い直される。サルトルに関するドゥルーズのテクストを引き、「哲学」ではなく「文学」＝「小説」こそが、保守化した左翼性のなかで永久革命を担ったが、そのサルトルが死んだ一九八〇年（代）、中上健次が死んだ一九九二年（九〇年代）に近代文学が終ったという「実感」が反芻された。近代文学＝小説の包括性に関して、ドイツ・ロマン派が依拠した「美学」概念は、感性・感情と知的・道徳的な能力の紐帯を前提とし、その背後には、商工業をベースとする市民階級の優位があった。〈小説は、「共感」の共同体、つまり想像の共同体としてのネーションの基盤になります。小説が、知識人と大衆、あるいは、さまざまな社会的階層を「共感」によって同一的たらしめ、ネーションを形成するのです〉(*7: 45)。その後、ネーションの同一性は完遂され、人々は、想像力よりも経済的利害からネーションを認識する心性に傾いた。また、グローバリゼーションに対する抵抗の主体は、文学やナショナリズムではなく、「原理主義」に移行した。

かくして、〈近代文学を作った小説という形式は、歴史的なものであって、すでにその役割を果たし尽くしたと思っているのです〉(*7: 47)。表現性(内容)の問題ではない。つまり、吉本隆明のジャルゴンでいう「小説」形態の自己表出性(表現価値)が劣化したという判断とは異なる。歴史性に媒介された表象として、「小説」によって表象代行された「近代文学」の「終り」が「形式化」された。さらに言えば、「終り」の到来において、近代文学は、「小説」という特殊なジャンルにおいて、シニフィアンとシニフェとを入れ替えながら自らを分節する。

じじつ、柄谷は、中上健次の死を契機に文学と縁を切ってしまう。〈もちろん、文学は続くだろうが、それは私が関心をもつような文学ではない〉(*7: 31)、〈私はもう文学に何も期待していません〉(*7: 80)。だが、「終り」の到来においてこそ、反復的な循環が始まりうる。「近代文学」の起源をめぐって開始された柄谷の文学批評は、「近代文学」の「終り」に遭遇し、「終り」の到来において、その到来の偶有性において、「近代文学」=「小説」の歴史性、それが歴史的有限的存在であり、地政学的な存在でもあることを逆措定しえたのである。

『坂口安吾論』は、いわゆる作家論ではなく、「近代文学」の物差しには収まらない安吾の言説が思想の横糸で再配置される。小説やエッセイというジャンルを逸脱し「無頼派」的エクリチュールを遂行した安吾の姿を変奏し、柄谷における「反文学」批評、あるいは、「近代文学」の「終り」のエビデンスである文学（的）批評の反復循環だといいうる。この安吾論では、「イノチガケ」と「日本文化私観」に繰り返し言及される。「イノチガケ」は、ザビエルはじめキリスト教宣教師の禅宗を圧倒するほどの極東への布教・殉教の意欲と実践をめぐるものだ。柄谷は、フッサールを持ち出して、〈合理的であることは、それ自体非合理的な意志と情熱を必要とするのではないのか〉（*8: 33, 230）と述べ、潜入と殉教の過酷な様相を淡々と描く「イノチガケ」を引きつつ、〈安吾は、そこに、キリスト教的情熱ではなく、強迫神経症的反復、あるいは「死の欲動」（フロイト）を見た。と同時に、彼が、一九三七年以来日本の中国への侵略戦争が泥沼に陥りつつある状況のもとで、この作品を書いたことを忘れてはならないだろう〉（*8* 231）という見方を述べた。

「日本文化私観」では、ブルーノ・タウトが龍安寺の石庭などを評価したのに対して、安吾が、たまたま目撃した小菅刑務所、ドライアイスの工場、駆逐艦など一般的には不快な景物の〈ただ、必要なもののみが、必要な場所に置かれた〉（*8: 44, 162, 235）「美しさ」と「崇高さ」を主張したことをめぐって、柄谷は、タウトの理論（鑑賞）と安吾の自ら生きる実践（倫理）とのコントラストを指摘する。これら不快（不気味）を通して快（美の悦び）がやってくることについて、柄谷は〈安吾が、少年期以来、単調で反復的な無機質の風景にどうしようもなく惹かれていたということは、フロイトが述べた「無機物への回帰」という意味での死の欲動を思わせる〉（*8: 63）とコメントした。「美しさ」がタナトスと「必要」（反文学）の臨界で生成するというのである。

「反復強迫」の地政学的出現

いくつかのことが明らかになる。ひとつには、ロマン主義から訣別した後期フロイトの、死の欲動（生命が無機質に戻ろうとする欲動）が外に向けられると攻撃欲動となり、内に向けられると攻撃欲動を抑える超自我（倫理）を形成すると展開した「反復強迫」が安吾の言説に多重的に見出される。この「反復強迫」を駆動する柄谷の世界把握のフレームワークは、近年、『憲法の無意識』を経て『世界史の実験』にいたるまでつらぬかれる。ふたつには、安吾において、風景（および、それを視る精神）の強度が「必要」の強度として現れる。〈ただ「必要」という言葉に依ってのみ回生してきた安吾という一個の精神がある〉（*8: 139）。「必要」と言う反ロマン主義的、反文学的な素朴なジャルゴンは、啄木の「食うべき詩《ビール》」を思わせる物質の使用価値の強調に通じ、マルクスの言う下部構造を想起させるはずである。「必要」とは「現実」である。それは、狂気の、夢の、理論の、そして宗教の反対物であり、「現実」の総体性においてマルクスとフロイトが刺し違えるシーンが現れる。それは、表象（「文学」）に対する圧倒的な「外部」であり、物深くわれわれを「突き放す」。

啄木、朔太郎、太宰、そして安吾を「突き放す」「外部」としての「ふるさと」について、柄谷は次のように述べる。〈安吾は「ふるさと」を発見する。だが、それは一切の〝人間的〟な親和性を寄せつけぬ、抽象的で無機的な世界である。彼はそこに根をおろす。「根」からいわば、〝突き放された〟かたちで根をおろす。安吾が安吾として、「確信的な何か」をもってあらわれてくるのはそこからである〉（＊8：166）。

安吾の「ふるさと」からの内在的な訣別＝堕落のシークェンスであるだけではなく、柄谷の「近代文学」からの訣れ、柄谷における「歌のわかれ」を集約したような一節であるといいうる。つまり、柄谷が安吾に自らを投影しただけではなく、安吾における原生的に反文学的な「外」の思考、安吾に現われる「反復強迫」は、先に触れたように、その後の柄谷の世界把握の方法として、多方向に展開されたのである。二〇一七年の柄谷は、〈私はこのような論考があったことをほとんど忘れていた〉（＊8：269）と「あとがき」に記すが、このこと自体、柄谷における「抑圧されたものの回帰」であると言わねばならない。『倫理21』、『トランスクリティーク』以降現在にいたる柄谷の思想のポテンツは、「近代文学」の「終り」の到来、訣別の臨界においてもたらされたのである。

一方、より地政学的歴史的な記述の文脈では、初出論文の公表と論集の公刊の時間差は僅かで、柄谷がリアルタイムで意識的（自覚的）・方法的であることが分かる。二〇〇二年刊行の『日本精神分析』には、芥川龍之介、菊池寛、谷崎潤一郎の短編小説を素材にして、「日本精神分析」、「入れ札と籤引き」、「市民通貨の小さな王国」と題された課題について講演に基づいた論考が収められている。

「あとがき」で柄谷は〈これを書いているうちに私は興に乗り、文芸評論を書き始めてしまった〉(*9: 212) と述べ、冒頭の「言語と国家」の始まりのところでは〈私は一度何かを書くと、それを続けて発展させるよりも忘れてしまう習癖があります。むしろ、書くということは書いたことを忘れるためだ、と考えているぐらいです〉(*9: 9) と断片性の種を明かすように語っている。

しかし、中味は、文芸評論というよりも、芥川らの短篇は凾のように巻末に原文を掲載して参照される建付けであるが、『トランスクリティーク』のダイジェスト的項目が軸を成すことは明らかだ。「日本精神分析」では、まず、漢字(象形文字)の訓読みを有する日本人には無意識(抑圧)がない、つまり、「去勢」が起こっていないというジャンク・ラカンの考えを、〈日本では、いわば世界宗教による去勢が「排除」されたために、「自己」が形成されなかった〉(*9: 66) と読み換えた柄谷は、世界帝国(中国)の周縁に位置し、仏教を選択的に受け入れた「日本」の「古層」が抑圧されなかったのは、〈一度も異民族に直接的に支配されずにすんだから〉(*9: 95) であると解釈してみせる。

次に、天皇制にアジアを統合する「無の場所」を見出した西田幾多郎の「場所の論理」/「日本語の論理」の非歴史性を批判するかたちで、柄谷は、時枝誠記の「言語過程説」を呼び出し、詞と辞の区別は漢字の訓読という「歴史的出来事」から由来していると指摘する。さらに、日本古代史を朝鮮との関係から捉えようとした坂口安吾の東アジアの地政学的関係構造の仮説を契機にして、アラビアおよび中国の周縁にあってシステムが未完成だった西ヨーロッパや日本で資本主義が発達したというサーミール・アミンの論に、朝鮮の存在によって異民族（中国、ロシア）による日本への侵入が阻止された歴史的相互規定性を繰込んで、〈日本に原理的・体系的なものによる抑圧がなかったということは、逆にいうと、それはそのような体系的な抑圧が強かった朝鮮が存在したからであり、また朝鮮においては、そのような異民族の侵略の度重なる経験が「抑圧」と「主体」を強化してきたのです〉（*9: 102）とクリアに包括した。

表象の一義的な固有性（主観性）には、徹底して、地政学的・地勢的視点と歴史的相互規定性が対置され、ロマン主義的・特権的決定論は、下部構造（無意識）の導入によって偶有化される。あるいは、表象の絶対性はその「外部」からの視線、「外部」との隣接性において相対化される。朝鮮の「抑圧」の強さと比較して、〈日本は海という自然の境界を国家の境界と見なすことによって、国家と社会の区別があいまいなままでやってきた。「国家」を構築的なもの、「社会」を生成的なものとして区別するならば、それは、この国では、構築と生成の区別が厳密に存在しないということを意味します。あらゆる意志決定（構築）は、「いつのまにかそう成る」（生成）というかたちをとる〉（*9: 102）とピクチャレスクに解きほぐされた。二〇二〇年に向かう「日本」という「国家」の固有な惨状の地勢的・歴史的に非‐固有な「構造」もまた照射されるはずである。

柄谷の思考のアナロジーは「形式化」に張り合わされている。「形式化」は外部性を還元し、形式体系の内部的パラドックスは構造へと集約される。〈出来事とは、実体的に在るのではなく、差異として在る。というより、それは無い。なぜなら、知覚され意味づけられるような差異は、すでに同一性によって、あるいはシステム（構造）のなかにおかれているからだ〉（*2: 249）という「形式化」の還元は、「構造」の蓋然性のなかにある。「近代文学」は柄谷の「形式化」の思考と孕み合ったのだ。

中上健次以降、『万延元年のフットボール』以降の文学（小説）の衰退、〈あらゆる国の、あらゆる時代に文学があるということはないと思います。（中略）この百二十年間の日本で文学が生き生きした意味を持った時代は、その中の限られた期間じゃないかと思う〉（*6: 107）と大江健三郎が述懐した文学の限界性が、柄谷によってナラティヴに追走されることはない。柄谷は、文芸批評についてヴィトゲンシュタインのように沈黙し、前記のように、「文芸批評」と彼が呼ぶ文章においても文学作品は、思想的課題の導入部に口実のように配置された。二〇一八年の津島佑子に関する批評「私ではなく、風が」（「群像」六月号）では、中上健次の代行者以上の存在である津島の『黄金の夢の歌』と『世界史の構造』との並行性が確認され、父・太宰治との文学的訣別が検出され、近作について安吾的なジャンルの揚棄と文学からの「遊動」に言及されただけである。

「歌のわかれ」以前の出会い損ね

つまり、文学は柄谷にとって「出来事」ではなくなった。「形式化」の思考において対象化されない。古風に言えば、文学（小説）に状況（全現実・世界模型）が集約されなくなった、地政学的歴史的な相互関係が集約されるべき象徴力・神話作用が文学に宿らなくなった。その定性的、定量的な函数を解くのは別の機会に譲る他はない。一般的に見ても、思想的立場は全く異なるが、柄谷と同様に文芸批評から出発した加藤典洋、竹田青嗣らの言説においても文学のポーションは十年単位で見て激減している。因みに、『柄谷行人　書評集』にまとめられた二〇〇五年以降の書評一〇七本のうち文学に関するものは、前記の津島佑子の作品の他、漱石とカフカに関する評伝的な二冊に尽きる。

この書評集では、一編、というより、恐らく、柄谷の全言説のなかで、一九七二年刊行の『畏怖する人間』所収の鮎川信夫の著作の書評（*10）以外では唯一の詩論書への言及がある。一九七〇年、まだ吉本隆明に親近していた二八歳の柄谷が渋沢孝輔の『詩の根源を求めて』を評したものだ。ランボーと朔太郎の境涯から「詩語」の未成熟を「過渡期」の課題と考えた渋沢の「自我から言語へ」の転回というモチーフに関して、柄谷は、構造主義が定式化した「先験的なイデアルティプス」の優越的な受容に過ぎず、「既成の全体性」に凡庸に依存した「否定力のない批評」と裁断した。さらに、渋沢の「詩とは、究極的には、あらゆる歴史の否定なのである」というクリシエにおける「特権的な先験性」による「詩の擁護」の内輪褒め的な自閉性を指して、〈「諦めよ、わが心」などという甘い抒情を許容している他者は、「＊＊の夕べ」というような催しで集団的に自慰している詩愛好者の外には存在しない〉（*11: 284）と侮蔑さえも露にした。

何が柄谷の批評感性のネガティヴィティにドライブを駆けたのか。それは、「抒情」への嫌悪である。「だらしなくのびきった「抒情」」、「歯の浮くような抒情」」、「認識の抒情」という侮蔑は、「抒情者」渋沢への侮蔑であるだけではなく、「抒情」そのものへの反感・嫌悪を孕んでいる。「抒情」には、自己詠嘆、「不幸」への悪酔い、軽佻な精神、ファッション、リアリティの欠如、認識の先験化という萬罵が列挙される。だが、その頃、吉本隆明は「抒情的」の本質について、〈それは**構成**としての詩的モチーフの凝縮と集中である。（中略）土謡詩における自然物からモチーフへという**構成**が叙景詩の、自然物（比喩としてモチーフを秘める）という**構成**をへて、叙景的抒情詩の、自然物→凝縮したモチーフの一句という**構成**へと推移した〉（*12: 392）と述べたはずだ。つまり、「抒情」という表象は、祭式や共同体との依存・拘束関係にあるものではなく、「構成」の高度化において現れたというのである。そして、「抒情的言語」が構成的に「飛躍」して「物語的言語」となる。

柄谷の「抒情」への嫌悪は、「現代詩」の抒情が「構成」の高度化を果たし得ていないと言う概括的な見地に加え、「物語」への親近の反動から発しているとも考えられる。だが、批評の初期の時点での詩（抒情詩）との訣別の表明には、後の文学（小説）からの離脱の蓋然性が伏在するだけではなく、文学の形態で詩だけがジャンルとして「近代性」を担わなかった、つまり、詩という表現において「近代性」が成立しえない、韻律や「抒情」が保存する深層の古代（への確信と陶酔）は批評の対象的相互性と「形式化」に馴染まないという直覚があるように思われる。柄谷における「歌のわかれ」（「歌」は「（世界同時）革命」にとって無効である）以前の、歌（詩）との出会い損ねは、それでも、「抒情」が「形式化」には馴染まないというファクトだけではなく、「形式化」の思考がつらぬかれた背後にある「隠されたもの」への視線を透過させてみたい誘惑を残している。

＊

1　カンタン・メイヤスー『有限性の後で』千葉雅也他訳、人文書院、二〇一六年一月
2　柄谷行人『内省と遡行』講談社学術文庫、一九八八年四月
3　柄谷行人『日本近代文学の起源』講談社、一九八〇年八月
4　柄谷行人『倫理21』平凡社、二〇〇〇年二月
5　柄谷行人『トランスクリティーク――カントとマルクス』岩波現代文庫、二〇一〇年一月
6　『大江健三郎　柄谷行人　全対話　世界と日本と日本人』講談社、二〇一八年六月
7　柄谷行人『近代文学の終り』インスクリプト、二〇〇五年一一月
8　柄谷行人『坂口安吾論』インスクリプト、二〇一七年一〇月
9　柄谷行人『日本精神分析』文藝春秋、二〇〇二年七月
10　鮎川信夫『歴史おけるイロニー』の書評。鮎川によるW・H・オーデンの「転向」説への論駁、「戦争体験」を語ることへのスタンスを肯定的に捉えている。
11　『柄谷行人　書評集』読書人、二〇一七年一一月
12　吉本隆明『言語にとって美とはなにか』（『吉本隆明全著作集6』）勁草書房、一九七二年二月

終章　「原遊動性」という実在が「実験」される

——「交換様式論」アップデート

「遊動性」と「実験」

この終章では「遊動性」という誘惑的なタームが、柄谷行人において励起され、二〇一九年二月刊行の『世界史の実験』で「原遊動性」という始源の実在を抱懐する「概念」へと移行する過程を確認しておきたい。その「概念」定立のドラマツルギーが柳田国男を召喚し、柳田における「山人」に「原遊動性」の元型を見出し、さらに、柳田が民俗学を史学において方法化した「実験」の契機に張り合わされた「実験」性の孕む局地性と世界性の臨界を見極めてみたい。本章は、第3章および第4章の変奏かつアップデートとして配置されるが、柳田国男＝柄谷行人の「実験」は、交換様式Dを、現存的な始源の未来、「世界─同時─革命」の現存的な可能性へとキャリーするはずである。

柄谷行人が、初期の『日本近代文学の起源』と並行的に書いた『柳田国男論』以降、柳田国男という固有名をめぐってふたたび思考し始めたのは、彼の「交換様式論」理論化のワークロードが二〇一〇年六月刊行の『世界史の構造』において一段落したことと、翌年の東日本大震災が契機だという（*1：11）。その後、『遊動論』においてマルクスと柳田国男が再結集したシナリオを継続し、柄谷は、ジャレド・ダイアモンドらの『歴史は実験できるのか』における「歴史の自然実験」という比較考察の発想を、柳田が一九三五年に書いた一回的な論文「実験の史学」における計画、予測、多数の比較、反復的な観察、さらに〈日本列島では、言葉は中央から波紋のように広がって分布した。中央では消滅しても辺境では残る、ゆえに、南北ないし東西に離れた辺境の言葉が一致する場合、それが古層であるとみてよい〉(*1: 23)と抽象する「実験」における、局地性(地方―郷土研究)と世界性に見出した。世界史における先行的なカント的「世界同時革命」(国際連盟――世界平和の達成)の挫折と翼賛的状況のなかでの柳田の行政官僚としての挫折がアナロジカルに描き出された。

つまり、柳田国男の召喚は、「実験」の召喚、その挫折と可能性を共有するかたちの召喚である。『遊動論』第三章「実験の史学」において、「一国民俗学」をめぐり〈民俗学を史学の方法として使うことを明確にしたのであり、そのため、民俗学は「一国」的でなければならなかった〉(*2: 110)と記された「実験」性の原理が『世界史の実験』において柄谷行人の「実験」に呼び込まれた。「山人」は初期柳田国男の「実験」のメルクマールだが、「山人」が「原遊動民」という理念のイメージを結ぶまでの「遊動性」をめぐる柄谷の思考過程を辿ることが、柳田国男において「山人」が実在化されるフレームワークを見きわめることでもあると考えられる。

まず、「遊動性」は『世界史の構造』の第一部第一章「定住革命」のところで中枢的なタームとして現れた。サーリンズに準拠しつつ、〈バンド社会は共同寄託、つまり、平等な再分配を原理とする。これは狩猟採集の遊動性と不可分離である。彼らはたえず移動するため、収穫物を備蓄することができない。ゆえに、それを私有する意味がないから、全員で均等に分配してしまう。(中略)これは純粋贈与であって、互酬的ではない〉(*3: 63)と描かれる過去や未来の蓄蔵にとらわれない「遊動性」は、氷河期後の季節変動と漁業の発生により定住と収穫物の備蓄、定住に起因する「不平等」に移行する。定住後、〈共同寄託は観念的な規範としてあらわれる〉（*3: 65）。「遊動性」の抑圧は、そのまま、「不平等」と「規範」の生成でもある。

「構造」＝「形式化」の端緒

大澤真幸は、二〇一〇年九月の座談で、二つ、重要なことを述べている。まず、〈『世界史の構造』というタイトルは、別の言い方をすれば「世界史の形式」なんですよね。だから、歴史を形式から見る点が特徴です。歴史とは普通は出来事ですから、内容しかない。だから、形式とか構造は、通常は歴史と対立するものと考えられている。（中略）あえて歴史を形式や構造から見てしまうのが、この本の試みです。すると、可能な未来もこの中に含まれてしまうので、もはや柄谷さんのやることは世界の帰趨を眺めることとしか残っていないのではないか〉（*4: 270）とレヴィ＝ストロースの「可能的な歴史」によるサルトル批判を踏まえ、「構造」＝「形式化」の方法の核心を切り出している。

「形式化」は線的歴史が擬装する意味の系列を、「自己差異的な差異の体系」において、無－根拠に曝す。大澤の見解を詰めていけば、「形式化」の議論は、デリダのいう形式体系による自己差異性の隠蔽がハイデガーのいう「存在者と存在」の〝差異〟の隠蔽に何を付加したかについて、それは〈本質的には何もない。むしろ、デリダに独自性があるとすれば〝本質的な何か〟に到ることを拒絶したところにこそある。（中略）〝形式化〟のあとでは、何か特権的な場所を求めることは許されていない〉（*5: 189）と述べられたところまで遡ることが出来るはずだ。「世界史」の「構造」＝「形式化」とは、「世界史」の無‐根拠化、「世界史」を未来も過去もない「自己差異の体系」として認識すること、つまり、「世界史」を「交換様式論」の共時的（非歴史的）なフィールドと見做すことに等しい。

それに続けて大澤は、交換様式A（互酬交換）も「何かの回帰である」、Aに先立つ「遊動的な狩猟採取民」の「共同寄託」が互酬性として回帰する。〈国家は必然ではないんだと。その阻むものが、交換様式AとD（高次元で回復された交換様式A――引用者）で、そしてAとDのさらに根にあるもの、それは、そもそも人間のもっている基本的な、散文的な言い方をすれば共同寄託だし、多少ロマンを込めた言葉でいえばコミュニズムです。それの二重の回帰としてDが存在する〉（*4: 273）という解釈を示した。柄谷は、これに対して、〈交換様式Dは自由かつ平等であるような形態です。（中略）しかし、交換様式Aによって何が回復されているのかというと、平等というよりも、まず遊動性（自由）なのではないか。むしろ、そのことが平等をもたらすのではないか〉（*4: 288）と補足説明した。ここで、AとDは紙一重に見える。つまり、「定住」以降の求心性（平等）と遠心性（自由）とが均衡している。一方、「遊動性」（自由）の回復による平等の実現という一見当たり前のような発言において、交換様式の表象＝（共時的）段階と「遊動性」とが明確に分離されている。「構造」＝「形式化」を指摘しながら、Dにおける「二重回帰」から原始コミュニズムという「内容《ロマン》」に誘惑された大澤に対して、柄谷は「形式化」の底板、「自由」／「平等」というエシカルな順序構造で応答している。実は、この順序構造が後述のように「自由」をめぐる「交換様式」の活劇のクライマックスに現われるのである。

「遊動性」の本質

『遊動論』の直後に刊行された『帝国の構造』の第二章「世界史における定住革命」において、『世界史の構造』の大枠のところが反芻されながら、「交換様式」の移行過程が掘り下げられ、いくつか注目すべき認識が開示された。まず、氏族社会以前の「遊動民」を「交換様式論」に布置するにあたり〈氏族社会以前の遊動的狩猟採集民社会がいかなるものであったかは、実証的問題ではなく、「抽象力」の問題、いいかえれば、思考実験の問題です〉（*6: 43）という方法認識が示され、定住以前の狩猟採集社会には、「純粋贈与」による共同寄託はあるが「互酬的交換」（交換様式A）はなかったことが再確認される。次に、〈互酬原理は、平等を実現するが、遊動的社会にあった自由を否定する。（中略）さらに、氏族社会では、平等であるために自由が犠牲にされる〉（*6: 52）と述べる。氏族社会では国家の形成が抑止されるというのだ。

何故か。フロイトを導入して、定住化による階級や国家、すなわち「原父」に相当する「力」の生成への共同体としての防御機制としての「父殺し」が、遊動民的状態＝「無機質」な群れへの回帰という「死の欲動」＝反復強迫として現れることが説明される。〈遊動的社会では、人々はむしろ遊動性（自由）であることによって平等なのですが、氏族社会では、各人の自由が否定されることによって平等なのです〉（*6: 58）。すると、交換様式DがAの高次元の回復だというならば、回復すべきものは、「平等」だけではなく、終局の「自由」であることは明らかである。ところが、遊動民を経験的に「実証」することは困難であり、アカデミズムではその「実在」が否定され、ただ一人、柳田国男だけが、遊動民（山人）の「実在」を主張し続けた。その「実在」認識の強度は「実験」認識の強度とつりあう。〈資本＝ネーション＝国家を越える手がかりは、やはり、遊動性にあるのです。むろん、それは狩猟採集民的な遊動性です。／定住以前の遊動性を高次元で回復するもの、したがって、国家と資本を越えるものを、私は交換様式Dと呼びます〉（*6: 64）。大澤真幸の「二重の回帰」としてのDについての、数年を経た概念定立寸前の応答だと言わねばならない。

ところで、「互酬交換」について、一九八九年刊行の『探究Ⅱ』の「贈与と交換」において、レヴィ＝ストロースの見方に反駁するかたちで柄谷が、〈われわれは、社会と共同体を区別したように、交換を、社会的交換と共同体内交換に区別すべきである。後者は、贈与と呼ばれる。贈与の交換関係を支えているのは互酬性《レシプロシティ》（相互性）の原理である〉（*7: 295）と記述したあたりにその端緒を見出しうる。家族をミニマムとする共同体（ミニ世界システム）の内部における交換は贈与というかたちをとり、それは経済的には非現実的な「不等価交換」だった。それが、（交換）行為として成立する背後には「互酬性」があるというのだ。

また、柄谷は、メタ＝地理的空間を「共同体的」と「社会的」に区分し、交通空間（移動によるコミュニケーションの空間）は「社会的」であると述べる（*7: 277）。交通空間＝交換空間と翻訳すれば、共同体そのものは非交換的、すなわち、非交通空間的であり、「遊動性」は、砂漠＝海＝原都市（ノマドの原点）には属さない非交通空間的なジャルゴンと考えられる。現存性にのみ生活の糧を託し、「共同寄託」しながら移動する「遊動性」が非交通空間的であることは、「遊動性」が「歴史」の出来事を構成しえないということと等しい。その一方で、未開社会においても「すべてが歴史だ」というレヴィ＝ストロースの言葉をめぐり、〈どんな閉じられた共同体も交通空間の中にあること、それが「閉じる」ことさえ歴史（出来事）だということを意味する。「構造」とは、このような歴史性に内属しながら、共同体が自閉的な自律性を保持するために作り出した多様な組織形態の〝同一性〟（変換群）にほかならない。（中略）この「構造」が、どのような意味（機能）をもつかは、各々の共同体の歴史に依存しているのである〉（*7: 299）と柄谷は述べた。

　そうすると、後に「遊動的バンド」と呼ばれる「遊動性」の主体は、共同体の外部、〝同一性〟の外部、すなわち、歴史（世界史）の外部に在るのではないのか。逆に言えば、歴史（世界史）以前の「遊動性」＝交換様式A以前の回帰を待つ「世界・史—の—構造」は、その「抑圧されたもの」の非歴史性（歴史／世界史に内属しないこと、歴史から「自由」であること）ゆえに、ついに、その「構造」＝「形式」の無－根拠をむき出しにするのではないか。いいかえると、「遊動性」の措定は決して到来しない神（「自由」）を待つ否定神学に陥るのではないか。

だからこそ、「抽象力」＝措定力にバランスする柳田の「内的体系」が、実在に求心する柳田の「実験」のトポスの符牒として語られねばならないのだ。つまり、柳田が史学の「実験」を語ったように、実在論realismと「遊動性」のリアリティの結節点として「実験」が呼び込まれるのだ。かくして、『世界史の実験』は、山人＝「遊動性」の実在をめぐる柳田国男の探究の行動と方法を、彼自身の「実験の史学」の原理に交差させながら、彼の反時代的な境涯そのものの「実験」性、柳田国男の「その可能性の中心」を旋回するのである。

柳田国男の「実験」の背後

「原遊動性」の概念定立に即して『世界史の実験』をダイジェストする。

第一部「実験の史学をめぐって」では、〈マルクスは生産よりも交換を重視した〉、〈ヘーゲル哲学を真に「転倒」するためには、生産ではなく、交換という観点が必要〉（*1:6）という「下部構造」をめぐる基本認識が再確認され、本章の冒頭近くで触れた柳田召喚の契機に続いて、〈歴史の実験は、社会を変える実験という意味〉（*1:28）であるという柄谷自身のモメンタムからカントとマルクスに通底する「世界同時革命」論の文脈で、柳田国男が一九一九年にジュネーブでの国際連盟委任統治委員の後、フランスの言語地理学を学び、一九二三年の関東大震災で急遽帰国、吉野作造らとともに

「大正デモクラシー」を担ったが、二八年の普通選挙の後、日本は満州事変を起こし、三三年には国際連盟を脱退した情勢において、三五年に表明された「実験」は、その時点ですでに挫折しており、自らの理念を未来に挺す他なかった経緯が辿られる。

松岡国男の名で新体詩人として抒情詩を書いていた柳田は、一九〇〇年に農商務省の役人となってからも文学仲間との交流は続いたが、島崎藤村とは柳田が台湾滞在中の出来事を機に生涯絶交する。しかし、柄谷は、この島崎と柳田の生まれつきが相同的であること、とくに父親がいずれも平田派神道・国学にコミットし、社会改革を目指したことを強調する。父島崎正樹は、抗議運動の果てに孤立し排除され、座敷牢で死去した。一方、子の藤村はパリに滞在し、キリスト教徒となり、父を裏切ったが、後に、「古代日本に帰れ」と唱導し、大東亜共栄圏を支持した。かたや、柳田の父松岡操は宣長、平田篤胤を継承する神学・国学者にして医者であり、政治運動への関与はなく「経世済民」の思想を国男に伝え、兄弟も医者になった。

柳田の「実験」性について、柄谷は、まず、父がコミットした神道・国学における〈理論ではなく、「事実」、いいかえれば現実に人が生きている有り様に見出されなければならない。その意味で、学問は「実験」でなければならない〉（*1: 65）というエッセンス、次に、〈柳田が実験と見なすのは、各地で採集した多くの話を「比較」しようとすることです。民俗学とはそのような実験なのです〉（*1: 68）という事実性－抽象のプロセス、そして、『山の人生』の冒頭「山に埋もれたる人生」に描かれた惨劇の背後の「孤立貧」について〈農村の貧しさは、むしろ、人と人との関係の貧しさにある。これから脱するには「協同自助」しかない。柳田が協同組合について考えたのは、そのためです〉（*1: 73）という実践＝アソシエーションへの回路をポリフォニックに提示する。また、「実験の史学」の挫折とほぼ同時期に唱導された「一国民俗学」は戦争体制への迎合（思想的転向）ではなく、それは逆に「東亜新秩序」／「比較民俗学」への反措定に他ならず、柳田の「実験」性は、敗戦後、枢密院顧問として新憲法制定の審議への参加において封印を解かれた（*1: 88）ことが強調される。

概念定立へのフィールドワーク

第二部「山人から見る世界史」では、〈山人は原遊動民であり、山地民はいちど平地に定住した後に遊動民となった人たちである〉（*1: 106）、山地民の平地民に対する態度はアンビバレントだが、〈山人は自足的であり、平地民に対して根本的に無関心なのだ。ゆえに山人に出会うことは至難である〉（*1: 107）、そして柳田が農商務省の役人として宮崎県椎葉村で遭遇した山地民の「協同自助」の思想に残余する山民／「山人」への理念的同一化が「歴史的な実在としての山人」（*1: 109）を生涯追走する契機が記される。「山人」の定義について、「山人考」のまとめの節から、絶滅したと思われる日本の先住民のうち、同化、討死、土着混淆などを免れ、〈今なお山中を漂泊しつつあった者が、少なくともある時代までは、必ずいたわけだ〉（*1: 110）という過去性を現存性にいいかえるような推定を充てている。山中にはファンタズムとしての妖怪や仙人と「山民」しかいない。しかし、柳田にとって「山人」は実在する。さきに、「遊動性」の措定を否定神学に準えたが、柳田＝柄谷における「山人」＝「原遊動性」は、「今なお」を「つねにすでに」に転倒する「世界－同時－革命」の非ロマン的な符牒なのである。

『世界史の実験』の読解を続ける。一般的に、「柳田学」は常民＝定住農耕民にフォーカスしたといわれ、「原無縁」に天皇制を越える端緒を見出そうとした網野善彦の史学からの批判があること、関連して、当時はラディカルに見えたドゥルーズ＝ガタリの「ノマドロジー」＝遊牧性・脱領域性が今では新自由主義《ネオリベラリズム》に回収されていることを押さえながら、柄谷は、〈重要なのは、定住農民に依拠したと見なされる柳田国男が終生追求した「山人」こそ、まさに網野がいう「原無縁」に対応するということである。私自身はそれを、「原遊動性」(U)と呼んでいるのだが、それは定住以後には失われ、また忘却されたものである。それについて実証的に語ることはできない〉(*1:118)と述べる。「実証」の不可能性は、「抽象力」によってカバーされ、可能的な現実(＝原理)へと折り返される。

「抽象力」を駆使して、『帝国の構造』で描かれた、定住化による「不平等」から「原父」が出現することを阻止する「死の欲動」＝反復強迫(*1:122)がいったん攻撃欲動となり、それが内に向かって戻ってくるとき「集団全体を律する強迫的な掟」＝「互酬原理」となるメカニズムは、〈互酬原理(交換様式A)は、フロイトの言葉でいえば「抑圧されたものの回帰」として生じた。したがって、それは反復強迫的である。だが、定住によって「抑圧されたもの」とは、原父のようなものではなくて、「原遊動性」（U）である。その回帰は、不平等を許さない兄弟同盟を作り出す。そして、それが国家の出現を妨げる〉（*1: 125）と集約される。「互酬原理」＝「交換様式A」において回帰する「抑圧されたもの」が機制としての「原父」から「原遊動性」に差し替えられているように見える。「原遊動性」が、抑圧の対象性として画定され、概念として生成する臨界だと言うことが出来る。あるいは、「定住」の始原でともに抑圧された「自由」と「平等」が、「世界史」の底でせめぎ合う初源の姿が陰《ネ》画《ガ》のように現れる。

それ以降のパートで、トピックを小刻みに転じながら、柄谷は、定住から非定住へのメカニズムの可逆（反転）性について、山地に逃げる以外に無い日本山地民の武士化、ベトナム狩猟民による抵抗と遊牧民（モンゴル、アメリカ）の撃退（*1: 131）という世界史的事実、「武士道」が武士が不用となった時代に生まれたというパラドックス（*1: 135）、インドの因襲の多くがイギリス統治以降のものであること（*1: 139）、柳田国男の山人から「交通」を重視した海民／「海上の道」への論理空間の広がり（*1: 142）などが列挙され、それぞれ課題として深化される期待を残す。

また、〈狼はオオカミであった。といっても、人が仰ぐような神ではなく、親密な朋友のような神である〉（*1: 152）と狼の生存（実在）を主張して批判された柳田が、「山人」論の変奏として「固有信仰」（祖霊信仰）を探究したことに関し、〈柳田が特に強調したのは、祖霊がどこにでも行けるにもかかわらず、あえて生者のいる所から離れない、ということである〉(*1: 84, 154, 161)という議論が横展開される。

さらに、日本社会における「双系制」優位の歴史が高群逸枝の「招婿婚」、岡正雄の分類(*1: 168)などを参照した後、エマニュエル・トッドの『家族システムの起源』における〈太古の狩猟採集民は一夫一婦制の核家族である。そして、それは父系的でも母系的でもなく、未分化な状態ないし双方的bilatéralである〉(*1: 170)という考えが繰り込まれ、日本の「固有信仰」=「先祖は一つ」/「イエは労働組織」(*1: 175)という認識と合流する。

末尾にかけて、まず、水田宗子共編『山姥《やまんば》たちの物語』をめぐって、里と野から離れて移動し、魔女や鬼とは違って怨恨も敵意もなく、暴威と寿福の二面性を有する山姥は山人であり、ラカン的「現実界」=実在であり、ジェンダーを越えて「至高の愛」を与えるが、山姥の「原遊動性」への接近を語りつつ、〈交換様式Dは、いわばAの高次元での回復である。また、それは抑圧された原遊動性の回帰である〉(*1: 182)と改めて強調される。最後に、丸山眞男が日本の思想の伝統を歴史意識の「古層」において「なる」、「うむ」、「つくる」の三つの軸から考えたことについて、イザナギ、イザナミの国うみ神話は、根本的に「なる」がすべてで(第8章参照)、「つくる」要素は皆無であること、〈「つくる」の磁力線が強いところでは、天や超越神のようなものが出てくる。それが永遠の観念をもたらす。一方、「なる」が優位にあるところでは、永遠性は、「つぎつぎとなること」、連続的な無窮性に見出される〉（*1: 193）が、宣長のいう「古の道」では、「作為」（父系）と「生成」（母系）の相克は無く自然に縛られない意味で、「双系制」だったと結ばれる。多岐に亘る項目に水平的に展開され、断片的、一見したところ拡散的になるが、「原遊動性」という概念定立の臨界のところで、柄谷のリアリティ・チェックがデリダ的な散種の運動のなかに在る姿が感知される。

「原遊動性」を未来へ

最後に、「原遊動性」の器である「実験」はどこに向かうのか。

もちろん、「実験の史学」を記して民俗学（農村生活誌）を歴史学の方法と認識しようとした柳田国男の志向性は、採集の「重出立証法」という科学認識を含め揺らぐことはなかった。まず、〈あらゆる社会現象は原因なくしては起こらない。そうしてこの国限りの問題である以上、その原因も必ず国の内にある〉（*8: 199）という地勢的な一国性の画定、次に、〈現在の国内の事実はほとんとこの変遷のすべての階段を、どこかの隅々に保存している。一つの土地だけの見聞では、単なる疑問でしかない奇異の現状が、多数の比較を重ねてみればたちまちにして説明となり、もしくは説明をすらも要せざる、歴史の次々の飛び石であったことを語る〉（*8: 200）という柳田的な「抽象力」の原基といえる仮説が「実験の史学」に明記される。「事実」の孕む「歴史」（＝「階段」）が素朴かつ簡潔に「構造」に翻訳されているではないか。

「この国限り」を充足する列島孤（日本）の局地性＝実験室があるから「実験」（世界性への回路）が「実在」しうる。「一国—民俗学」は柳田的「実験」の条件なのである。さらに、「山人」について、〈もし本土の日本が「陸続きの大陸国」であったならば、追いつめられた先住民は外に去っただろう。が、それが孤島であるがゆえに、彼らは強制的に同化されるか、「山人」となったのである。その意味では、山人は孤島が生み出した者である〉（*2: 91）という柄谷の補足説明がある。つまり、「実験」と「山人」とがともにその「実在」を相照らし合うのは列島孤という局地を措いて外にはない。そして、「実験」において列島孤は「史学」の現場となるが、それは通時的線的歴史ではなく、出来事の堆積がテクストとして現れる共時的＝可能的な歴史＝「構造」としての「世界史」であるはずだ。

つまり、史学としての「一国民俗学」は、柄谷行人において「構造」として現前する「世界史」の器に等しい。「一国民俗学」が「世界史」（交換様式論）の器になるというのは、吉本隆明の「井の中の蛙」の譬え（*9）と少し似ている。だが、「構造」＝「形式」の無—根拠に自らを挺してきた柄谷行人くらい「虚像」への誘惑から遠い存在はいない。いや、柄谷行人は、予め「井の外」に出てしまった蛙というべきかもしれない。その蛙は、自らの渇きにおいて「井」の「構造」＝「形式」の無—根拠の果てまで跳梁する。柄谷における、柳田への非線形的な回帰と〈「文学」と「日本」が回帰してきた〉（*1: 198）という坦懐の表情は、更なる回路の裂開を予告するものだ。

「回帰」は、柄谷じしんが「自分の意志をこえた何か」、すなわち「交換様式D」をめぐる未知の

「実験」へと召喚される新たな回路のはじまりを告知する。因みに、「原遊動性」を被覆する後期フロイトの反復強迫（共同体がそれ以前の無機的なものに回帰しようとする衝動）は、吉本隆明の「原生的疎外」（生命体が無機的自然―環界に復帰しようとする衝動、タナトス）という概念を生み出した原基でもある（第6章参照）。吉本における生命体がそうであるように、しかしそれとは対極的な様態で、「原遊動性」は「疎外の打消し」として「世界史」という有機的生命体以前に実在するはずなのだ。

ならば、「交換様式D」＝普遍宗教において再び回帰する「原遊動性」（U）は、否定神学を振り切って、どう「世界史」の現在において統覚されるのか。先に述べたように、定住も資本＝ネーション＝国家も、「ノマドロジー」を利するかのように国境を越えて増殖し、「世界史」レベルの分断を広げている。「原遊動性」＝「山人」の実在を、カント的な「世界―同時―革命」の実践に接合するには、その実在を自由／平等の順序構造を逸脱する思考と実践の審級にシフトするべきではないか考えられる。

どういうことか。例えば、「交換様式D」＝普遍宗教を、「いま・ここ」において、「二重の回帰」から「（資本制）交換」＝経済の二重の「解消」にキャリーする。「（資本制）交換」＝経済の二重の「解消」を実在化し、「原遊動性」を回帰・遍在させるのである。言い換えると、「交換様式」A、B、Cが共時的に配置された「構造」＝「形式」を、つまり、「交換」そのものをDにおいて無―根拠に曝すのである。柄谷がサポートしている松本哉の「マヌケの反乱」が「世界・マヌケ反乱」（*10）であることを忘れてはならない。いちどは挫折したＮＡＭ（ＬＥＴＳ）がマヌケたち（非知の知）によって、実践理性のパルチザンとして、遍在的かつ局地的に回帰するということだ。

消費というそれ自体資本主義イデオロギーによって構成され加速されてきた（したがって、柄谷の「交換様式論」では序め理念において削除されている）行動にイデオロジカルに敵対するのではなく、消費や資本の循環が起きないクラックをつくり出し、ゆっくり拡張する。取引（交換）から資本制を駆逐する、現実的には剰余「交換」を「世界史」＝日常から削除するという動線《ストリーム》に身を挺する。あるいは、シュティルナーからパクるなら、私有・所有が過剰に堆積した都市というメタ自然の境域で、その風景＝経済の隅々までを異化することで、メタ狩猟採集を賦活し、「非所有の所有」を成し遂げる（＊11）。資本制に張り合わされ、ヘーゲル的に肯定されてきた「欲望」（承認を求める欲望＝個人の「豊かさ」への志向性）をカント的な「自由」において超越する。永久平和への「革命」＝「原遊動性」へのタナトス（無機的なものへの回帰衝動）は汎世界的に亢進している。疎外論がすでに資本制に回収されている現在、「原遊動性」（Ｕ）の概念定立の回路をそのままＤ＝「交換」自体の揚棄＝無血のアナーキズムにリンクし、経済という「死に至る病」を乗り越えるということである。

もういちど。もういちど回帰する「原遊動性」は、その、「もういちど」において、「交換－内－存在」としての人間の抑圧の抑圧を打ち消す「力」それ自体である。

＊
1 柄谷行人『世界史の実験』岩波新書、二〇一九年二月
2 柄谷行人『遊動論』文春新書、二〇一四年一月
3 柄谷行人『世界史の構造』岩波書店、二〇一〇年六月
4 柄谷行人『「世界史の構造」を読む』インスクリプト、二〇一一年一〇月
5 柄谷行人『内省と遡行』講談社学術文庫、一九八八年四月
6 柄谷行人『帝国の構造』青土社、二〇一四年七月
7 柄谷行人『探究Ⅱ』講談社、一九八九年六月
8 柳田国男『「小さきもの」の思想』文春学藝ライブラリー、二〇一四年二月
9 〈井の中の蛙は、井の外に虚像をもつかぎりは、井の中にあるが、井の外に虚像をもたなければ、井のなかに在ること自体が、井の外とつながっている、という方法を択びたいとおもう〉吉本隆明「日本のナショナリズム」一九六四年
10 松本哉『世界マヌケ反乱の手引書』筑摩書房、二〇一六年九月
11 坂口恭平『ゼロから始める都市型狩猟採集生活』太田出版、二〇一〇年八月

（参考）

1　基礎的な交換様式

B　服従と保護（略取と再分配）	A　互酬（贈与と返礼）
C　商品交換（貨幣と商品）	D　X

2　基礎的な社会構成体

B　国家	A　共同体
C　都市（市場）	D　X

3　交換と力の諸形態

B　政治的権力	A　呪力（フェティシュ）
C　貨幣物神崇拝（信用の力）	D　神の力

4　世界システムの諸段階

B　世界＝帝国	A　ミニ世界システム
C　世界＝経済（近代世界システム）	D　世界共和国

5　近代世界システム（資本＝ネーション＝国家）

B　国家	A　ネーション
C　資本	D　X

出典：柄谷行人公式ウェブサイト掲載「交換様式論入門」（二〇一七年）より。

Status Quo

付論

「事後性」の絶滅は求償されるだろうか

——思考の消失、析出されるテロリズム

普遍主義の躓き

ネイション（国民－国家）の定義をめぐって、フィヒテがドイツ的な国民概念を人種、民族、言語、領土などの区分を基準としたのに対して、エルネスト・ルナンは、一八八二年のソルボンヌでの「国民とは何か」と題された講演で、国民というものを駆動するのは共同生活を続行しようとする「合意」および「欲望」であり、「国民の存在は日々の国民投票」であると定式化して見せた。フランス的普遍主義の端緒を形成する言説である。だが、「日々」（いま・ここ）に優位を置く「忘却の共同体」は、起源にある瑕疵（暴力）をあばき出す歴史意識を回避する一方、契約的国民概念と合理主義の背後にある平板な「科学」認識は、生物学的人種主義への誘惑に貼りあわされていた。

国民の同一性というものは、二つにして一つであるように、過去と未来へ円環的に共在するというデリダの論点を〈こうして「忘却」は集団的記憶の蓄積をテロスとする弁証法の可能性の条件ではなく、むしろニーチェ的な力の作用へと変形され、「魂」と「精神」の予定調和的統一性に約束の過剰性を置き換えることが可能になる〉（＊1＊206）と捕捉する鵜飼哲は、「ヨーロッパ統合」を目前にした一九九〇年代のパリで住宅問題に伏在する「移民排斥」の亢進を目の当たりにしていた。生物学的人種主義は、人種と理性がラテン語ratioを同一語源とするように、「文化主義的」人種主義にシフトし、オリエンタリズムと並行的な普遍主義の抑圧として作用する。普遍主義は自らが原理へと成り上がる代償として、忘却に内在する遊動性をさらに忘却し、フィヒテ的なトポフィリア（国境愛）を呼び戻したのである。

アンチセメティズム（反セム主義）は、反ユダヤ主義として潜伏する一方、エスプリを仮装するかたちで反イスラム（イスラモフォービア）を露骨に喧伝し、二〇一三年一月のマリ介入以降「反テロ戦争」に急傾斜したオランド（当時）の大統領府は、シャルリー・エブドの事件へのリアクションとして、国家規模のデモを自ら主導した。同年十一月のパリ同時多発テロ直後に、それが「イスラム国」によるものだとすれば、フランスも西洋同盟の「弱い環」として標的にされたと問いかけた鵜飼哲は〈高々と掲げられた「イスラーム国」壊滅という「戦争目的」が達成されることは、ありていに言ってほぼありえない。この危機が共和国をどこに導くか、予見不可能な出来事が到来するとすれば、それはむしろこれからだ〉（*2: 193）と現場報告した。

二〇一七年五月のフランス大統領選挙では、無党派協調路線のマクロンが極右排外主義の国民戦線のル・ペンを大差で破ったが、白票や投票率を考慮すると、マクロンが国民のマジョリティから継続的にサポートされる保証はない。経済の停滞と、移民の急増による多民族融和策（植民地主義からの再帰性の執行）の転換に「テロとの戦争」というアメリカ発の強制が加わり、フランス的普遍主義は、地に墜ちたとはいわないまでも、ルナンの頃すでに胚胎された地上的揺らぎがむき出しになった表情に遭遇している。

フランスの状況に紙数を費やしているが、普遍主義に関していえば、ひとつは、そのはじまりにおいてオリエンタリズムに通じる二項対立的局地性を普遍的に語ろうとする擬態が内包されており、ふたつには、起源の暴力を「忘却」した共同体は「忘却」を忘却することによって暴力的な権能の主体として地上に回帰しうるということがあり、さらに、九〇年代に形成されて三十年に満たないEUの理念が「テロとの戦争」という九・一一以降に米国によって粗製されたドグマの牽制によって軋んでいるということだ。つまり、日本における特定秘密保護法制定、憲法の運用としての集団的自衛権の行使、あげく共謀罪の強行採決という一連の「蛮行」の背後で拡大する改憲のバイアスという事態は日本だけのアポリアではない。普遍主義が起源の暴力（日本の場合、太平洋戦争への枢軸国としての関与、多くの加害者および被害者の発現、敗北）を清算して「いま・ここ」における内的かつ外的な「合意」を形成するというコンテクストは憲法九条の表徴する「それ」と折り重ねることができる。普遍主義が見果てぬ夢であるように、憲法九条はネイションが他のネイションを前提としてネイションでありうるという公理において不可能的なエチカを打刻されている。だからこそ、ポスト戦後の実態との恒常的なギャップへの躓きによってこそ「終わりなき対話」が刷新されるというべきなのだ。

また、「テロとの戦争」について、九・一一の二日後、ブッシュ・ジュニアの独善的妄言にメディアが翼賛するなか、スーザン・ソンタグによる〈これは、「文明」や「自由」や「人類」や「自由世界」に対する「臆病な」攻撃ではなく、世界の超大国を自称するアメリカがとってきた、もろもろの具体的な同盟関係や行動に起因する攻撃に他ならない。（中略）また、「臆病な」という言葉を使うなら、他者を殺すためにみずからすすんで死んでゆく者たちに対してではなく、報復の恐れのない距離、高度の上空から殺戮を行なう者たちに対して使うほうが適切ではないだろうか〉（*3: 14）（ちなみに、coward（臆病者）は loser（敗北者）とともに、キッズ・トークで相手を見下すときの常套句である）というクイック・コメンタリーの強度を凌ぐ洞察が未だに公式的なかたちでは立ちあがらないという現実が、世界解釈、すなわち、自律的思考というものの停滞を証している。

思考／「事後性」の危地

「テロとの戦争」のイメージの優位性は、テロリズムが絶対悪であるというネイションおよび国際社会の共通認識にサポートされている。九・一一におけるブッシュ・ジュニアのように、一一・一三のオランドは「これは戦争である」と宣言した。フランスがイスラムに対する攻撃主体となることがヒロイックに断言された。ただ単に、パリの市街への同時多発攻撃に報復するのではなく、オランドは、テロリズムに立ち向かうというもうひとつの普遍主義に署名してみせたのである。

だが、この普遍主義、テロリズムを「絶対悪」とするドグマは、暫時はパリの住人でもあったスーザン・ソンタグのコメンタリーだけではなく、九・一一直後のフランクフルトにおける〈九月十一日の犠牲者全員に対し、私は絶対的な同情を寄せますが、それでも、この犯罪について、何人《なんぴと》も政治的に無実であったなどとは信じていない、と申し上げなくてはなりません。（中略）それが、ホワイトハウスのスローガンとして先日来「無限の正義」（英独訳略――引用者）と呼ばれているものに関する私の解釈です。すなわち、自己の過失、自己の政治的な過誤から逃れようとしないこと。たとえ、途方もない規模で、この上もなく恐ろしい代価《フリ》を払うこととなった時であろうと〉（*4: 59）というデリダの発言にも全く頓着しない。彼らがリファーされたかどうかということではない。解釈からの逃走、そこで思考をサスペンドしてしまうことによる再帰性の解消が「臆病者」のヒロイズムという陰惨な喜劇の反復になり果てるのである。

　思考や解釈・分析は出来事における「事後性」を担う。当たり前のようだが、対象性としての出来事を「後から」考え直す作業は、ラカンのひそみに倣うなら「現実界」（＝「物自体」、不気味なもの）に属することを言葉の世界にシフトし、事後＝視差《パララックス》＝差延を駆動して、〈抑圧されたものに〉回帰することと反復すること（「置き換え」＝アレゴリーの実践）をヘーゲルの否定性に対置するかたちで、出来事において「隠されたもの」を見出すということである。その意味で、ソンタグやデリダは、出来事から寸刻のうちに「事後性」を内在的に引き受けた。

　政治的言説は所詮ドグマの反芻だから、ソンタグやデリダが身体を張って選択した「事後性」を免除されるのだろうか。「正しさ」は予め画定されているという確信でいいのか。政治は本当にドグマの実践なのか。語源としては祭事の調整から治水行為まで遡りうるが、それは、市民社会を構成する公共空間の持続性をサポートするというオブリゲーションにおいて、市民社会の時空の輻輳と錯綜が極まっているいま、局地において治水することの「正しさ」を強行することではなく、「正しさ」の現実性を市民社会に諮る「終わりなき対話」のための装置であるというべきだろう。つまり、政治的言説は「事後性」を免れ得るどころか、「事後性」の遂行に関して有責な筈である。

ところが、そうなっていない。テロリズム＝「絶対悪」という情緒的かつ局地的なアクティング・アウトへの翼賛は、本来は有機的／開放系であるはずの市民社会の政治的身体を、「正義」を断言する条件反射的（パブロフの）／閉鎖的犬へと劣化させた。すなわち、政治から責任意識が消え去ったのである。劣化したのは政治だけではない。政治と市民社会の図と地の関係が劣化した。責任性はポピュリズムに差し替えられた。短期的判断において、政治屋は択ばれなければならない。択ばれるためのシナリオ、すなわち、大衆嗜好（選好）の先行的な形成が責任性にすり替わった。テロリズムはポピュリズムの囮として逆用されるというシーンが蔓延しているのである。

テロリズムという反世界の析出

では、掛け目なく諸悪であると公認されたテロリズムとは、どのような現象か。まず、「テロとの戦争」という断定に反して、テロリズムを標的とする国家を超えた紛争は国際法に準拠する点でも、国際法廷の承認に基づく点でも、戦争であることの要件を充足しない。かつ、超国家的な紛争を公正に調停する機能は国連を含めて存在しない。国連の勧告や裁定を無視してアメリカがシリアなどを攻撃して以降、そうなってしまった。つまり、ジャン＝リュック・ナンシーが〈しかし重要なのは、まさに戦争さえもがある意味では世界から消えてしまったということです。今、世界のどこに戦争があるでしょうか、戦争はないのです〉(*2: 162) と述べた「戦争」が分節されない事態は、アメリカによって惹起された。一方、攻撃と防御と反撃の連鎖に亘って武力による衝突と殺傷行為が起こる点で、それは戦争である。敵と味方の対位があり、明確な国境や紛争の当事者に共有された「争点」の代わりに、敵を画定するのはつねに他者であり、敵だけが自らを敵として知らしめる。実際、テロリズムが起こった後、はじめて敵が敵であることを宣言する。次に、一連のテロリズムにおいて、主に欧米諸国への敵対を宣言している「イスラム国」(ＩＳ)は近代的な国家の概念には符合しない。

だが、二〇一四年一月にイスラム教スンニー派の過激派武装グループが「イラク・大シリア・イスラム国」として独立国家を宣言し、同年六月に改名したＩＳは、アブ・バクル・アル＝バグダディのもと、シリア北部の人口五十万人の古都ラッカを首都と定め、シリア北部からイラクのファルージアに亘る地域を掌握し、支配地域の人口は同年六月の時点で八百万人を超えたといわれた。一定の国家モデル、すなわち、「評議会」と呼ばれる統治制度を有し、支配地域に徴税制度を敷き、相応の原油収入をベースに財政政策の考え方を導入している。学校では、シャリーアに基づく思想教育を徹底する。実質的な支配地域に加え、インドを含むコラサン地域から北アフリカ、イベリア半島におよぶ広範囲な「領土」を宣言し、それは最大時、かつてのオスマン帝国に匹敵する規模となった。

これは、武装グループというよりも、テロリズムに特化《同一化》した巨大な恐怖の共同体ではないか。日常がジハード（聖戦）のなかにある。武装行為の境域では、武器と財貨が略奪され、交換手段かつネットによる広報戦略のオブジェクトとして「人質」が活用される。殺人へのエシカルな葛藤は見られない。多用される「自爆テロ」では、敵の命そのものと自分の命が即座に交換される。シャリーアの厳格かつ恣意的な適用による残虐的処刑の横行。「命」にかかわる摂理的な価値判断は無化される。一九一六年のサイクス・ピコ協定で一方的に西欧の都合で分割されたオスマン帝国の復元という史的モチーフが認められるが、〈2003年、ブッシュ大統領が「イラクに民主主義を打ち立てる」と宣言して、フセイン政権打倒のために派兵を決め、実行しました。しかし、その「理想」は見事に打ち砕かれて、現在の「イスラム国」の出現を許す「危機」に至りました。／アラブの「独裁政権」は「パンドラの箱」です。制御不能な「混乱」にようやくフタをして抑えていたのが、たとえばサダーム・フセイン政権でした。あえていえば「混乱」を抑えるための「鉄拳制裁」だったといえるでしょう。欧米を中心とする「近代国民国家」では考えられないような「強権政治」が必要でした〉（*5: 220）という国枝昌樹の現場実感がシャープに世界史の「狡知」のアポリアを言い当てている。あるいは、「世界史」、「民主主義」、「人権」、「自由」、「平和」といったジャルゴンそのものの臨界、相対性がエドワード・サイードの「オリエンタリズム」を裏返すかたちで現れたのである。

つまり、テロリズムに特化《同一化》した恐怖の共同体は、グローバリズムを新たな普遍主義へと祭り上げようとする資本主義共同体の反世界なのである。ＩＳをめぐる現象は世界史の「狡知」、人間的必然／偶然の連鎖のなかに布置されないわけにはいかない。ヘーゲルがアジア、アフリカを「理性」の圏外と考えたとしても、「民主主義」に介入された現在のイスラム世界が、世界史の地平とは別に「独在」しているというのは現実的ではない。ヘーゲル的な「理性」の圏外にある世界が、「理性」（絶対知への道程）との公分母無きまま、「もう一つの国」を形成して「市民社会」と資本主義の総過程――ソンタグが指摘したアメリカ主導のイスラム排斥と収奪――に報復しつつあるというべきか。

そこには、文明の衝突などという線形的なシナリオではカバー出来ない、シャリーアに被覆された「強権政治」（全体主義とは異なる）と「民主主義」とをパブリックにもプライベートにもまるごと差し替えてしまうような統覚の構造があるというべきではないか。フランスでは二〇一〇年に公共の場でのブルカ（イスラム女性の顔にかぶるヴェール）着用が禁止されたが、二〇一七年五月にはオーストリアでもブルカ、ニカブが禁止され、そのトレンドは継続している。このようなミクロな「民主主義」（女性差別の解消）の介入の背後にある決定論の蓄積に対する、ミクロかつマクロな致命的報復が、時間と空間を切り詰めテロリズム（爆発）を析出するのではないか。

リスク社会と「反知性主義」

今や、「民主主義」も「人権」も「平和」も無傷ではないというべきだ。既往の普遍原理を自明であると確信するや否や、それは「もう一つの国」に介入し干渉し、具体的にはアメリカの対イスラムの権勢に加担することになる。「平和」が一番というのは、「平和」のなかにおけるトートロジックな思考である。だが、ジハード（聖戦）に占められた「もう一つの国」の日常は、「平和」な日本も同意したかたちで強行されるアメリカやNATO軍の空爆の「慈雨」と張り合わされている。また、「人質」の虐殺のネット画像が流布されるという容赦しえない事態についても、それに激昂し、「人道」においてISを糾弾すればするほどアメリカをサポートし、ひいては日本の現政権に加勢する羽目になるという不味い循環の罠が張り巡らされている。

二〇一五年夏の集団自衛権、そして二〇一七年六月の「共謀罪」の法案は国会前のデモの甲斐なく廃案を逸したと言えば、ヒロイズムが果たして残余するのか。SEALDsのデモの確信性について〈彼／彼女らが、実は自分たちこそ「多数派」だと信じていたからにほかなるまい。「絶対に止める」と断言していた理由である。つまり、国会＝代議制下ではとりあえず少数派であっても、デモに象徴される直接民主主義という別の枠組みでは、自分たちが多数派（一般意思）たりえているという信憑があったわけである〉（*6: 296）と絓秀実が解析して見せる「多数派」のファンタズムに孕まれる友敵論的テロリズムに覚醒するのは悍ましいことか。

日本（同様にアメリカ）の現政権の横暴の背後には「反知性主義」の急速な伝播があるといわれる。「反知性主義」は、過去から未来に亘る「終わりなき対話」の放棄である。出来事の「事後性」を有責性において担う思考（解釈、分析、批判）が絶滅するということである。思考の再帰性やフロイト派の深層分析のタイムフレームを攻撃し、知性の相互関係的／集合的なダイナミズムを回避し、善悪を決定論的に分断する。「先に」ゾレンがあり、それを証し立てるように現実がやって来るという固定化した認識である。ブッシュ・ジュニアがpreventive measure（事前予防的措置）と言って、大量破壊兵器の存在が最後まで確認されないままにイラクを攻撃したコンテクストに等しい。しかも、確認の未済もまた、予め忘却されている。

この発想は、ウルリッヒ・ベックのリスク社会論以降、リスクの蓋然性を計量化する過程で優勢になったと考えられる。基本的なベンチマークは利害得失の経済計算であり、そこに時間軸が算入される。ベックのリスク論は、チェルノブイリ原発事故への反省に端を発するものだが、〈言葉の沈黙を打ち破り、自分の生活連関におけるグローバル性を、痛みを伴って意識させ、他方では、新たな対立の方向を示し、同盟を生み出すということが、世界リスク社会における自己再帰性なのです〉（*7:34）とマニフェストのように述べられるように、リスク（潜在する危険）に関する近代市民社会の公理である「終わりなき対話」を唱導する。一方で、グローバル社会における世界公共性の多層的な連鎖を視野に収めるかたちで、〈世界リスク社会について語ることは、グローバルな危険がある行為をすでにひき起こしている、ないしはある行為へとうながしていることを前提としています〉（*7:11）という処方が提示される。まず、リスクは世界解釈のシニフィアン（形式性）を担う。次に、リスクは「既に在る」という認識が現れる。この方法的認識が、九・一一の同時多発テロと完膚なきまでにシンクロして、リスク管理、リスク・コントロールという考え方は、政治と経済の両面で最強のフレームワークとなった。二〇〇〇年代に入り、金融の領域では、エンロン、ワールドコムの粉飾による破綻、サブプライムローンの債務不履行に起因するリーマン・クラッシュが立て続けに起こり、リスクの経済的な顕現によってアメリカ社会は致命的に毀損された。

リスクが「既に在る」という認識の下、それ自体でシニフィアンとなり、金融の公共性という見地から、審査基準の厳格化やリスクの計量化（バーゼル委員会）が優先されること自体は現実的なアクションである。だが、この加速的なバイアスのなかで、「既に在る」ことへの決定論的な政治認識が優勢となり、それが善悪を含む価値判断を侵食して「終わりなき対話」のモメンタムは一気に縮減したと考えられる。また、先に触れたように、リスクは経済計算によって評価されるが、いいかえるとそれは、利害得失が世界解釈の実体的なシニフィアンに成り上がるということである。

〈グローバルな危険は、産業資本主義の全時代の過ちが具現化したものであり、抑圧されてきたものの一種の集合的な回帰なのです〉（*7: 134）と絞り込むウルリッヒ・ベックのテクストは再帰性を起動して未来の他者へのサステイナブル（持続可能的）な世界を志向したはずだが、その認識のフレームは、「既に在る」リスクのために幾ら払い、幾らの機会損失をカバーするかという短期的な利害判断にすり替えられたと言わねばならない。おまけに、リスクがシニフィアンの強度を亢進する過程と、テロリズムの激化とが同時進行してしまった。そして、「既に在る」ことへの政治と経済の共犯による決定論の権勢は、リスクという超越項の下に、コモン・ウェルスの時間性を解体し、未来の他者とエチカとをともに被覆したのである。もはや、善悪は、つねにすでに、所与である。所与であることがゾレンであるならば、所与を問うこと、すなわち、思考という「事後性」の実践は反社会的（共同体をリスクに曝す）行為として糾弾される。

思考／抵抗のアポリア

東西冷戦に乗じてマッカーシズムが吹き荒れた一九四〇、五〇年代ハリウッドのレッドパージに抵抗したいわゆる「ハリウッド・テン」の一人である天才脚本家ダルトン・トランボを描いた二〇一五年公開のジェイ・ローチのフィルム「トランボ」は、非米活動委員会への協力を拒絶したトランボ（ブライアン・クランストン）が、一九四七年二月の議会に召喚された際のやりとりを次のように描いている。「きみは、イエスかノーで答えよ」、「私は自分の言葉で応答するつもりである」、「きみは共産党員か、あるいは、かつてそうであったか？」、「その質問のエビデンスの提示を求めたい」、「応じられない」、「あなたは私の脚本から私を共産党員だと判断している。私を罪に問うのか？　もしそうなら、裏付けとなるエビデンスを提示すべきである」、「認められない you should be dismissed」。退場を強制されたトランボは言う。「思考を罪と見なしている。だが、そんな権利は存在しない。存在するなら世も末だ。これは強制収容所の始まりだ」。

そのとおり。思考は罪なのである。トランボは議会侮辱罪で収監される。釈放後、名前を伏せるかたちで公開された「黒い牡牛」や「ローマの休日」が絶賛され、六〇年代になってトランボは完全に名誉回復するが、その間の雌伏は、生活や家族に及ぶ傷を残すとともに、「事後性」が必敗寸前の時間との闘いであることを明かす。所与は強権における所与なのであり、イエスとノーの中間に存在するはずの所与への批評性が徹底弾圧される。そもそも先住民族／歴史の堆積を力で制覇して建国し、善は善であり悪は悪であるというトートロジー／エポケーによってフロンティアを拡張してきた「反知性主義」の王国アメリカでは、レッドパージのような思考（批評精神）が攻撃される翼賛的な事態が恒常的なバイアスとなっている。アメリカ国家をめぐる課題が重大な争点になると必ず「反知性主義」が復元するのである。冷戦時代のレッドパージに次ぐ大きなうねりが九・一一以降に現れている。イスラム「原理主義」に、反テロリズム／「テロとの戦争」原理主義を対置する今回の「反知性主義」のうねりは、アメリカへ屈従し続ける日本の言説の地平に伝播している。それは、「事後性」を封殺し、短期的な経済的成果（コスト効率）だけを責任性の典拠とするグローバル資本主義のフォーミュラと完全に同調する。天皇の血統を相対化したり従軍慰安所の存在を裏付けるファクトを封印する処方とも抜かりなく密通する。

そこで、最後にもういちど。テロリズムとは、どのような現象か。スラヴォイ・ジジェクは、資本主義のグローバル化は開放系の展開であるだけではなく、その「外部」から「内部」を分断して自己閉鎖的な「球体」＝丸屋根（キューポラ）を形成し、キューポラのなかにグローバル化の勝者である十五億人が暮らす一方、その三倍の人々がドアの外に放置されていると指摘する。〈今こそわれわれはこう思い起こすべきだ。自分たちは〈キューポラ（丸屋根）〉のなかに暮らしているのだ、と。そこにおいてテロリストの暴力とは時折炸裂する脅威にすぎず、それは途切れない脅威と残虐行為からなる日常生活を送る（欧米と関与ないし共謀する）国々とは対照的である〉（*2: 13）。

パリの襲撃の被害者を含め、テロの標的として殺傷された人々は少数派で、大多数の犠牲者は難民自身である。一時の感傷や怨嗟（疑似倫理）を振り切るなら、両者を通底しうるのは「階級闘争」であり、抑圧された者たちのグローバルな連帯であるとジジェクは言う。キューポラの内と外をつらぬくものがそれしかないのなら、何故、革命は遠くに去った、ということになっているのか。グローバル資本主義における「疎外」の地下貯水池のようにＩＳの広域国家のファンタズムがあるなら、テロリズム（無差別な爆発）はゾンビ・コミュニズムの実践か。

あれは、まだサルトルとカミュが革命（突風）か反抗（松脂的粘着）かと牧歌的に言い争っていた頃のことだ。メルロ＝ポンティはボルシェヴィズムとトロツキズムの中間に「実存」（自我の他者性、葛藤と分裂）を導入しようと悪戦苦闘し、『ヒューマニズムとテロル』を次のように結んだ。〈人間の世界は、開かれたあるいは未完の一体系であって、それを不統一によって脅かす根源的偶然性そのものが、同時にそれを混乱の宿命からまぬかれさせ、それについて絶望することを禁ずるのだ。（中略）それは我々を実際の出来事や行動の重要性にめざめさせ、我々に我々の時を愛させるのだ。我々の時とは、人間的永遠の単なる繰り返しやすでに提出された前提の単なる結論ではなく、知覚される最も小さな物のように——シャボン玉のように、波のように——あるいは最も簡単な対話のように、世界の混乱のすべてと秩序のすべてを分割されないままに包含するものだ〉（*8: 206）。

世界は、あれから、一歩でも前進したのか。革命がダメになったからと言って、未完じたいがいまだ未完なのに、抵抗の命脈が尽きていないと言えるか。けっきょく、欲望の条理が亢進して、ちょっとヤサグレただけではないのか。

付記

二〇一七年十月十七日、米国主体の空爆とクルド人中心の民兵組織の侵攻により、ＩＳが首都としていたシリア北部のラッカが解放され、疑似国家ＩＳは実質的に崩壊したと言われる。だが、シリア国家の復活は不透明であり、トルコ他関係国の利害は錯綜し、ＩＳの戦闘員の出身国への帰還によるテロ（ＩＳ）の拡散、拠点ベースからゲリラ戦への重点シフトによるＩＳの遍在という、より広域的なＩＳ化という事態が考えられる。ラッカ陥落とＩＳの実態的な制圧とは、容易に連関しえない。二〇一八年一二月米国大統領トランプは勝利宣言、シリアからの米軍撤退を表明したが、その後、Ｉ

Sは急速に戦力を復活し、二〇一九年五月、インドに「ヒンド州」パキスタンに「パキスタン州」を設立というバグダディのメッセージ動画が公開された。

＊

1　鵜飼哲『抵抗への招待』みすず書房、一九九七年九月
2　「パリ襲撃事件――新しい〈戦争〉の行方」、『現代思想』青土社、二〇一五年一二月
3　スーザン・ソンタグ『この時代に想う　テロへの眼差し』木幡和枝訳、NTT出版、二〇〇二年二月
4　ジャック・デリダ『フィッシュ』逸見龍生訳、白水社、二〇〇三年二月
5　国枝昌樹『イスラム国の正体』朝日新書、二〇一五年一月
6　絓秀実『タイム・スリップの断崖で』書肆子午線、二〇一六年一一月
7　ウルリッヒ・ベック『世界リスク社会論』島村賢一訳、ちくま学芸文庫、二〇一〇年九月
8　メルロー＝ポンティ『ヒューマニズムとテロル』森本和夫訳、現代思潮社、新装一九七六年一一月

著者

宗近　真一郎（むねちか・しんいちろう）

1955年大阪府生まれ。早稲田大学政治経済学部卒。1980年頃から、北川透編集「あんかるわ」などで批評、詩作活動。1985年に第一評論集『水物語に訣れて』を上梓。以後、著書に『ゼロ・サム・クリティック』(1988年)、『消費資本主義論』(共著、1991年)、『反時代的批評の冒険』(1997年)、『ポエティカ／エコノミカ』(2010年)、『パリ、メランコリア』(2013年)、『リップヴァンウィンクルの詩学』(2017年、鮎川信夫賞)。1990年から2015年にかけて、ファイナンスや企業買収にかかわり、延べ18年間、アメリカ、ロシア、フランス、ドイツに滞在。

柄谷行人〈世界同時革命〉のエチカ

2019年 9 月20日　初版第 1 刷印刷
2019年 9 月30日　初版第 1 刷発行

著　者　宗近　真一郎

発行者　森下　紀夫

発行所　論 創 社
〒101-0051 東京都千代田区神田神保町 2-23　北井ビル
tel. 03 (3264) 5254　fax. 03 (3264) 5232
http://www.ronso.co.jp　振替口座 00160-1-155266

装幀・目次・扉デザイン　奥定泰之
組　版　中野浩輝
印刷・製本　中央精版印刷

ISBN978-4-8460-1866-5　